JULES BOUC

DANIEL BOULANGER
de l'Académie Goncourt

JULES BOUC

roman

nrf

GALLIMARD

Il a été tiré de l'édition originale de cet ouvrage vingt-deux exemplaires sur vergé blanc de Hollande Van Gelder numérotés de 1 à 22 et trente-deux exemplaires sur vélin pur chiffon de Rives Arjomari-Prioux numérotés de 23 à 54.

au premier venu

— Vous me dites l'avoir connu et vous ne savez pas son secret ? me lança le chevalier.

— Le secret a dans sa nature de le rester. J'ai bien essayé quelques clés, mais ce sont de si vieilles serrures !

— A-t-il existé ?

— Puisque nous en parlons !

— Il m'échappe ! Il est là et il n'est plus là.

— N'êtes-vous plus devant moi lorsque je ferme les yeux ?

— Ah ! Quittons cette ombre !

— Ne vaut-elle pas n'importe laquelle ?

DOM PISTOR
Mes conversations

— L'abbé, vous qui savez les désordres de la ville, quelle figure est la bonne ? Est-il un libertin, un masque, une victime, une ombre qui cherche son soleil ? Quelle est cette vie ?

Il regarda les feuilles du paravent qui cachaient le grand lit et déployaient, vives et canailles, les peintures de l'amour.

— Une partie de chasse ! dit-il. Laissons les autres nous tirer le portrait. Nous guettons bien notre âme comme la chatte l'oiseau.

Mémoires du chevalier d'Aiguisy

A coups de marteau, Dièze dont la renommée n'est plus à faire travaillait une femme ouverte. Des poussières de marbre étoilaient sa barbe. Il se mit à genoux, passa la main entre les cuisses de la statue qui se tordait sur un lit de planches et en retira un éclat. Le jour se trouvait mal. Dièze tira la voilure de la verrière, alluma les lampes au bout de leurs longues tiges, en dirigea les faisceaux sur son œuvre et grogna :

— J'aime mieux le cheval.

C'était en effet sa spécialité. Les statues équestres de Dièze lèvent la jambe sur pas mal de places du monde. Il en a toujours une en train. A la commande, il lui suffit d'ajouter le cavalier que l'on veut honorer, voire l'amazone, l'homme ou la femme n'ayant parfois jamais connu la monte. Dièze lança l'idée qu'il n'est pas nécessaire d'être un chef d'armée pour paraître en selle et l'on voit caracoler, pour l'éternité peut-être, dans les provinces et jusqu'au Brésil, des notaires, des chimistes, des mères de famille et même la célèbre Lady Bunker championne de golf, tenant en cravache un club de fonte. Dièze tourna autour de la femme, longuement. C'était un petit homme aussi large que haut qui buvait et suait beaucoup. Elle était pourtant bien belle à terre, la tête renversée, les seins dressés, les cuisses... Il se versa un verre de rouge et s'agenouilla de nouveau. Il fallait encore creuser là, mais pas ici, pas les orteils ! Il ferma les yeux et se rappela quelques moments très vifs. Au contraire ! Le pied se recroqueville. Ah, ce marbre ! Ça ne vaut pas le cheval à qui l'on peut rajouter une queue désinvolte. Dièze tourna les tiges de lumière vers le rideau qui coupe en deux l'atelier et le fit coulisser. Dans l'immense fond de cet ancien magasin à fourrage, un peu plus grand que nature apparut le dernier-né de son écurie, en plâtre rugueux et comme couvert d'écume. Dièze donna une tape sur la croupe puis se ravisant prit la bouteille et le verre, poussa l'escabeau à degrés vers l'animal, grimpa et s'assit en singe. Vue d'ici la femme dans la pénombre devenait une vague de chaleur. Il but à sa santé. Car enfin, qu'est-ce que l'art sinon la fleur de la santé ? Qu'est-ce que l'art sinon ce je ne sais quoi qui s'ajoute au naturel ? C'est-à-dire quelque chose qui prend des tas de choses un peu partout et vous les sert ensemble, et l'on se demande : Où les a-t-on vues ? C'est toutes mes bonnes femmes ! Entrez !

Dièze oubliait qu'il avait fermé la porte sur l'impasse. On frappait de nouveau. Il vida son verre et descendit. Qui ça pouvait-il être ? Jeanne en avance ? Il ouvrit.

— Monsieur le maire !

Valentin Thouin lui serra longuement la main. C'était aussi un petit homme à barbe aussi large que haut qui buvait et suait beaucoup. Il n'était jamais venu à l'atelier par respect pour les artistes. Il fallait donc qu'il y eût un singulier motif pour qu'il se présentât à l'improviste.

— J'espère, dit-il, que je ne vous dérange pas. J'arrive à l'improviste.

— Il vous faut un singulier motif, dit Dièze.

— En effet. Je suis votre carrière dans les gazettes. Je vois que vous faites toujours du cheval. (Il s'approcha du plâtre éclairé.) C'est ce qui m'amène. Oh !

Il venait d'apercevoir le marbre dans toute son indécence, et fit demi-tour.

— Ai-je le droit ?

— De la caresser ? demanda Dièze. C'est un devoir.

— Non, dit Thouin. Je n'oserais pas. Il me semble... on dirait...

— Mais quoi ?

— ... j'ai l'impression que c'est Madame Luge.

— Exact, dit le sculpteur. Je travaille sur le vif.

— Madame Luge !

— Si vous la reconnaissez, dit Dièze, c'est à mon tour d'hésiter. Vous... vous l'avez déjà vue dans cette position ?

— Jamais ! Il me semble simplement que c'est elle. Serait-ce une commande de son mari, le pharmacien ?

— Elle a posé en amie, dit Dièze.

— Jeanne ! Si j'avais pu m'attendre... Vous le lui avez demandé ? Elle s'est proposée ?

— Elle est venue un jour, dit Dièze. Elle n'est pas la seule. Les femmes sont curieuses.

— Vous n'allez pas me dire qu'elles vous servent toutes de modèles ?

— Elles aimeraient, dit Dièze avec simplicité, mais l'artiste est un homme qui a aussi ses limites. Notre pauvre nature !

— Ça, dit Valentin Thouin.

Dièze se demanda quelles figures pouvait donner le couple Thouin-Luge, et le maire le surprit au milieu d'images qui le laissaient rêveur.

— Je suis venu avant d'aviser le conseil municipal, dit Thouin. J'ai connu, jadis, enfant, votre atelier bourré de paille.

— Je n'avais jamais autant remarqué à quel point nous nous ressemblons, dit Dièze. Je ne dirai rien à Madame Luge de votre visite.

Il y eut un silence que la pharmacienne meubla de ses formes magnifiques.

— Elle ne m'a jamais parlé de vous, dit Dièze.

— Jeanne ! Et elle posait ici, sur ces planches ?

— Sur le canapé ! Remettez-vous, il n'y a pas de quoi fouetter un chat. Ce n'était plus Madame Luge que je regardais, mais un bonheur de formes sans nom. Je n'ai pas tout à fait réussi à l'égaler. Regardez la cuisse gauche. Vous ne voyez pas la différence ?

— Non, dit Valentin Thouin, vous pensez mal, cher maître. Je ne l'ai jamais vue ainsi. Je ne suis encore qu'à l'espérer.

Il avait pâli et Dièze pensa qu'il allait se trouver mal, mais le maire poursuivit :

— Que tout cela reste entre nous !

Il attendit encore et murmura :

— J'espère depuis quinze ans.

— Elle le sait ?

— Je le croyais, je le crois, mais chaque matin devant ma glace je me mets à sa place et tout à coup j'hésite, je me fais peur.

— Nous nous ressemblons, dit Dièze, et elle n'a pas hésité. Savez-vous que dix séances m'auraient suffi et qu'elle est venue tous les après-midi pendant cinq mois ? Vous avez toutes vos chances. Je vous aurais cru plus fonceur.

— La mairie m'épuise, dit le maire.

— Je l'appelle Volupté, dit Dièze. Trouvez-vous que je l'ai réussie ?

Il posa la main sur un genou du marbre.

— Vous allez la mettre où ? demanda le maire. Vous la gardez ? Ça représente quoi, maintenant, en chiffres ?

— Je pourrais vous faire un prix, dit Dièze. J'aime autant qu'elle aille chez vous que chez Luge.

— Et vous ne me le disiez pas ! C'est donc une commande du pharmacien ?

— Pas tout à fait, dit Dièze. Il m'a demandé un buste, mais nous ne pouvons répondre des circonstances. Les personnages mènent souvent le roman. C'est ce que disent les romanciers, en tout cas. Tout de même, monsieur Thouin, vous qui êtes célibataire comme moi ! Ah, j'aurais cru, j'aurais cru ! Voulez-vous que nous la mettions dans le parc de la mairie ? Que l'on en fasse don à Nocquoÿ, notre si bonne ville qui a l'air de me découvrir ? Je n'ai jamais eu un tel moment de bonté ! Je ne me reconnais pas. Profitez-en.

— Justement, dit le maire, le conseil municipal... nous avons pensé à une œuvre de vous...

— ... ça tombe bien !

— ... à votre dada, je veux dire à un cheval. Les étrangers se les disputent et nous n'en avons pas. Pour une fois la ville se montrera intéressée par le plus illustre de ses passants.

Dièze plongea Madame Luge dans l'ombre et braqua ses lumières sur le fond de l'atelier.

— Est-ce possible ? dit Thouin. Nous dégageons une somme importante, sans déséquilibrer notre budget. J'ai lancé l'idée et je viens en éclaireur. Ce n'est qu'un vœu pour l'instant.

— Un cheval tout seul ?

— Non, dit le maire. Nous verrions bien Jules Bouc dessus.

— Jules Bouc ?

— Le poète. Nous fêterons le dixième anniversaire de sa mort, cet été. Vous ne le voyez pas à cheval ?

— Pourquoi pas ?

— Vous ne l'avez pas connu ?

— J'en ai entendu parler, évidemment. Je l'ai peut-être aperçu une ou deux fois. Un grand vieillard chauve, un petit chien sous le bras ?

— Non, dit Thouin, il est mort comme il a toujours été, entre deux âges, avec une couronne de cheveux roux. Il sortait parfois ses chats.

— Naturellement, dit gravement Dièze, il tiendrait la laisse d'une main et de l'autre un livre, les cheveux en couronne de laurier. Je le vois. Sur un socle bas, très bas, à ras l'herbe.

— Ce serait un honneur pour nous tous, dit le maire. Il est parfois des conjonctions qui sortent le passé de l'impasse. (Dièze leva des yeux étonnés.) C'est à vous de les saisir et je lis dans votre œil comme un reflet de ma joie. Nous sommes aussi des artistes, à la tête de matières rebelles, mais je les vaincrai. Je réunirai le conseil au début de la semaine. Votre enthousiasme me donne des ailes.

Il serra la main de Dièze et se retourna vers le marbre de Madame Luge.

— La volupté ! Je la pensais fugace, un songe ! et vous me montrez qu'elle a le poids du marbre. Heureux homme !

— Merci de votre visite, dit Dièze. Quand vous aurez le feu vert, nous fixerons le prix.

Le maire n'avait pas fait trois pas qu'il revint pousser la porte de l'atelier. Il se tenait sur le seuil, la main sur la poignée en forme de sirène.

— Excusez-moi, maître. Au cas où je serais mis en minorité, je ne vous ai rien dit, n'est-ce pas ? Madame Luge est conseillère municipale et jamais de mon avis. Ce sera un plaisir de revenir vous voir, maintenant que je connais le chemin. Vous n'y voyez pas d'inconvénient ?

— Je m'arrangerai pour que Madame Luge soit ici par hasard, dit Dièze pris subitement de pitié.

Troublé par la visite, il venait seulement d'en percevoir la vraie raison : le maire n'a pas de sourcils. C'était bien son propre portrait, mais sans défense. Il écouta décroître les pas du visiteur sur le pavé, s'examina dans le miroir et remercia le ciel de lui avoir donné d'aussi ombreuses paupières, mais il ne s'était jamais soucié longtemps de sa personne. Le reflet du cheval dans le fond de l'atelier s'installa aux quatre coins de la ville. Où pourrait-il être le mieux en valeur ? J'irai cet après-midi à la bibliothèque. Quelle odeur peut avoir l'œuvre de Jules Bouc ? L'odeur est essentielle pour un portrait.

La porte de l'impasse s'ouvrit et se referma aussitôt ; Madame Luge en tourna la clé.

— Alexandre, tu ne m'as jamais dit que vous vous fréquentiez !

— C'est la première fois, dit Dièze. Il t'a vue ? Tu sais l'heure qu'il est ? Tu viens seulement ?

— Il m'a toujours fait peur. Les séances du conseil sont pour moi un cauchemar. Je l'ai aperçu à temps. Comment a-t-il su ?

Elle montrait du doigt le marbre pour lequel elle avait posé.

— Il vient de le découvrir. Il venait pour le cheval.

— Non. C'est un fourbe, un enfermé ! Il est venu pour me surprendre, toi qui ne fermes jamais ta porte !

— Mais qu'est-ce qu'il t'a fait ?

— Il me rappelle toi à l'envers, Alexandre, voilà. On ne peut pas se ressembler plus, et moins.

— Il est un peu tard pour poser, Jeanne, et ma journée est finie. Ne te déshabille pas, je t'en prie.

Il lui mit le bras sur les épaules et demanda :

— Peux-tu me parler de Jules Bouc ?
— Qui ça ?
— Le poète.
— Il t'a demandé son buste ?
— Une statue équestre.
— Tu ne me dis jamais rien. A part des gros mots. Pour toi, il n'y a qu'une chose qui compte...
— ... te sculpter, Madame Luge.
Elle haussa les épaules et le bras glissa. Ils se penchèrent d'un même vif mouvement. La fatalité.
— Tiens, dit Dièze un instant plus tard, une panne.
Au-dessus d'eux la lune creusait un peu plus le voile de la verrière.
— Dis-moi des vers de ce fameux Bouc, murmura Jeanne. Tu ne m'en as jamais murmuré. C'est drôle, Luge lui n'arrêtait pas de m'en réciter dans les premiers temps, autrefois !
— La poésie est faite pour les pharmaciens, dit Dièze en se relevant. Jules Bouc est mort il y a dix ans.
— Les vers survivent à la mort, dit Jeanne tout étonnée du fou rire qui saisissait son amant.
— Je le vois très bien à cheval, dit Dièze en allumant une bougie.
Calme, à terre et sur son coude, près de son marbre à jamais fou, Madame Luge regardait les ombres du cheval que Dièze allant et venant faisait caracoler sur les murs.
— Comment se fait-il qu'un homme aussi pervers que ce Thouin s'intéresse à la poésie ? dit-elle.
— Tu le hantes ! répliqua Dièze.
— Je ne vois pas le rapport !
— Ça crève les yeux, Madame Luge.
— Mais cesse de m'appeler comme ça ! Jamais, jamais un mot tendre, un petit nom.

— Je préfère te prendre habillée, tu le sais bien. Et maintenant il faut que tu rentres. Debout, là-dedans !

Il lui tendit la main et d'une poigne rapide la remit sur pied.

— Mon renard ! dit-elle.

Il le ramassa.

— Brosse-moi le dos.

Elle ne voyait, comme à l'habitude, aucun autre ordre à donner qu'il pût suivre. Elle sortit en se jurant de ne plus revenir, jalouse de ce marbre qui restait le meilleur d'elle-même. Le réverbère du bout de l'impasse sur le blanc de la nuit versait le jaune de la tristesse humaine.

— Moi, murmurait-elle en se tordant les chevilles sur le pavé, moi !

Elle poursuivit encore une litanie de moi, incapable d'exprimer autrement sa tendresse face à la grossièreté de l'autre camp, les Luge, les Thouin, les Dièze. N'y en aurait-il jamais un pour les racheter ? Ce n'est pas étonnant qu'ils nous envoient de temps en temps au visage un poète, mais mort ! les salauds ! mais qui me dit que ce Jules Bouc n'était pas de la même graine ? En plus fourbe !

Il y avait bien longtemps qu'elle n'avait pas senti ses yeux se mouiller.

— Moi !

Elle rentra à l'étage de la pharmacie et tout lui parut étranger.

Des fresques évanescentes tempéraient l'austérité de la salle du conseil à l'étage de la mairie, mignonne au milieu de son jardin, et que regardaient de derrière une grille les fenêtres au garde-à-vous de la cité administrative. Le maire déclara la séance ouverte.

— L'objet de cette réunion est spéciale, dit-il. Je vous en ai touché un mot le mois dernier. Il s'agit d'un ensemble. Dixième anniversaire de la mort de Jules Bouc, dans notre ville et singulièrement dans ce jardin. Une mort de poète.

Valentin Thouin montra du doigt le saule à longue chevelure penché sur le bassin. Ses yeux s'égarèrent dans le même moment sur la nymphe de la fresque qui faisait signe de venir à l'une de ses sœurs sur la paroi d'en face, et il était inutile de fermer les yeux pour les imaginer jetées dans les bras l'une de l'autre au milieu de la salle. Elles étaient là sur l'une des banquettes, les mains nouées, gorge à gorge, échangeant le nom bien-aimé.

— Jules Bouc, dit Thouin en reprenant ses esprits.

— Nous commençons sans Madame Luge ? demanda le directeur des Haras, Omer Desainte, premier adjoint. Elle n'est pourtant jamais en retard.

— L'une de ses qualités, mais elle les a toutes, dit

l'assureur Jean Plafond, comme vous, mademoiselle Ponchard. Votre apostolat de visiteuse sociale pourrait cependant vous amener à laisser passer l'heure !

Il s'était tourné vers la seconde conseillère dont les épaisses lunettes extirpaient du visage deux noyaux transparents qu'elle paraissait vouloir rattraper, souriante et désolée. Il y avait aussi le docteur Sterb, Hérissart des Entreprises Hérissart, Sugères le verrier d'art, Desportes le tenancier du *Jardin du Cœur*, un trois-étoiles, Charmin, le bibliothécaire, et les autres, dont Moussu qui veille sur le cimetière.

— Ah !

— Excusez-moi, dit Madame Luge, j'ai été retenue par les Petites Sœurs des Pauvres.

— M. le maire commençait tout juste à nous parler de Jules Bouc, dit le docteur Sterb.

— Il est mort dans notre jardin, dit Mlle Ponchard, il y a dix ans. Ce jardin où je passe si souvent !

— Vous en êtes sûre ?

— Non et non, dirent les autres avec un ensemble qui apporta le silence.

— Je crains, dit Madame Luge, que cette séance ne soit pour moi la dernière. Je demande au conseil d'envisager ma démission.

— Quel rapport avec Jules Bouc ?

— Absolu, dit-elle. Quel est cet inconnu qu'une fantaisie ressuscite ?

— Je vous trouve bien légère, dit Thouin. Où voyez-vous une fantaisie ?

— Qui le connaît ? Vous ? Vous ? Vous, mademoiselle Ponchard ? Et vous ? Et vous ?

Elle se tournait vers chacun, le doigt en accusation.

— Aucune réponse !

— Nous sommes là précisément pour apprendre, dit le docteur Sterb.

— J'ai, commença Charmin, mis la main sur une plaquette de ce poète maudit, dès que M. le maire en eut lancé le nom, le mois dernier. Elle était dans les réserves sous le numéro 7219.

— Vous l'avez apportée ? demanda Thouin.

— Non, dit Charmin, et c'est un drame. Vous vous rappelez la crue du fleuve d'il y a dix ans ? Les caisses qui se trouvaient dans le boyau F sont restées immergées plusieurs semaines. Nous en jugions le contenu irrécupérable et nous avions raison. En dépit et à cause peut-être d'un séchage intensif et d'une saupoudreuse antifongique qui amena une prolifération du bourgeonnement nous avons perdu là une série de documents qui nous font et nous feront cruellement défaut, la preuve en est. Je n'ai pu sauver que la couverture dont l'état interdit tout transport. Après m'être mis en rapport avec la Nationale j'ai pu en effet reconstituer le titre du volume « La Chatte et l'Oiseau », trente-deux sonnets aux frais de l'auteur.

— Mais, dit Valentin Thouin, l'œuvre de Jules Bouc se limite-t-elle à cet ouvrage ?

— Apparemment.

— Comment expliquer alors son renom et pourquoi nous en parlons ? Pourquoi sommes-nous prêts à l'honorer par un anniversaire dont notre ville va tirer gloire ?

— Est-ce lui ou est-ce vous que nous servons ? jeta Madame Luge d'une voix aigre.

— Voulez-vous dire, demanda Thouin, que ma proposition est intéressée ? Si oui, sachez que je ne pense qu'à Nocquoÿ.

— La ville qui l'a vu mourir, pauvre Bouc !

— La mort, s'écria Thouin, est quand même une date

importante pour les disparus. Si la ville natale de Jules Bouc n'a pas remué le petit doigt, à nous de dresser le pouce vainqueur ! A nous d'accueillir ici, sur la terre où il repose, les amoureux de la culture. Madame Luge, vous ne nous avez pas habitués à de telles réticences, on croirait que Bouc vous a blessée !

— Eh bien, dit le bibliothécaire, j'allais demander le calme, mais j'y renonce. Votre dispute montre à quel point l'âme des poètes est vivace. Ses sonnets sont prêts à revivre. Si vous le permettez j'en demanderai copie à la Nationale, et si par malheur l'ouvrage qui était dans l'enfer a disparu je me ferai un devoir de le reconstituer. Je ne puis vous dire combien j'étais ému en ouvrant les restes de la plaquette. Les pages non collées à jamais laissent encore deviner un mot de-ci de-là et vous ne sauriez imaginer le bonheur de découvrir, comme s'il sortait d'une tombe, le mot raideur, le mot lèvres. Vers la fin, mes yeux se sont arrêtés sur le mot boucherie si net qu'il me semblait ne l'avoir jamais vu, et je fus au bord des larmes.

— Pourtant, dit Hérissart, j'ai retapé trois de nos boucheries dont les lettres ont été redorées l'an dernier.

— La ville vous en sait gré, dit le maire.

— Tout porte à croire, dit Charmin, qu'il s'agit d'un élégiaque.

— Où est-il né ? demanda Mlle Ponchard.

— Qui ? demanda le maire.

— Jules Bouc ! Nous parlons bien de lui ?

— A Bastille-de-Provence, dit Thouin, célèbre pour ses calanques, mais les archives ont brûlé lors du débarquement. Nous avons la chance d'être maîtres de sa vie, avec un peu d'effort.

— Il aurait quel âge ?

— Disons que les dix ans de sa mort se confondent avec

les cent ans de sa naissance. Nous faisons d'une pierre deux coups, et quand je dis pierre je parle bronze. Je vois une statue en bronze, et comme nous avons l'honneur d'abriter dans nos murs le sculpteur Dièze...

Quelques bravos saluèrent ce nom. Le maire s'inclina et poursuivit :

— ... je me permets de suggérer un Bouc à cheval, l'art de Dièze étant surtout équestre.

Valentin Thouin se tourna vers Madame Luge.

— C'est vrai, dit-elle en ayant la force de cacher son émotion.

Jean Plafond prit la parole.

— En tant qu'assureur, j'aimerais quand même en savoir plus sur notre poète, sur sa vie, son style.

— Un Tibulle, dit Charmin.

— Il a vécu à Paris, dit Thouin. Nous en avons la preuve dans nos dossiers quand il est venu prendre ici sa retraite. Il fut cinquante-trois ans clerc d'avoué chez Me Silentaire, près de la Bourse.

— Paris ! dit rêveusement Madame Luge.

— Son successeur et petit-fils a bien voulu répondre à mon enquête.

— Dites la vérité, Thouin, lança Madame Luge. Vous avez décidé et vous nous mettez devant le fait accompli !

— J'ai simplement commencé à mâcher la besogne, Madame Luge, mais rien ne vous oblige à revenir sur votre envie de démissionner.

— Voyons ! lançait-on de toutes parts.

— Je suis prêt à retirer ma suggestion, dit Valentin Thouin en refermant théâtralement la chemise de son dossier. Rien ne troublera par ma faute l'union de notre conseil. Vous êtes, Madame Luge, l'élue du peuple, comme nous, et notre respect mutuel passe avant tout. Ne parlons plus de Jules Bouc et passons à la modernisation des abattoirs.

— Très bien, dit Hérissart.

— Les abattoirs ne présentent pas l'urgence de Jules Bouc, dit Charmin. Même aménagés par l'Entreprise Hérissart, l'inauguration des nouveaux abattoirs n'aura pas l'impact du dévoilement d'un poète.

— A cheval, ajouta le maire.

— Et où le mettrons-nous ? demanda le premier adjoint. En tant que directeur des Haras, je le verrais assez bien sur la pelouse que cernent nos bâtiments inachevés du Grand Siècle et qui me semblent appeler depuis toujours quelque ornement.

— Les Haras dépendent de la capitale. Que Paris ne se mêle pas de Jules Bouc ! Non, ceci est notre affaire et le budget de la ville nous le permet. Nous sommes en situation saine. Restons les maîtres. D'ailleurs, vous allez surprendre entre les lignes cette frénésie d'accaparement des Parisiens. Hors d'eux, semblerait-il, pas de salut !

Il rouvrit son dossier. Cette absence de sourcils ! murmura Jeanne Luge en fermant les yeux. S'il en avait je pourrais le prendre pour Dièze.

— « Monsieur le maire,

Je réponds avec empressement à votre demande concernant Jules Bouc qui fut plus qu'un employé fidèle un personnage dont nous entretenait souvent ma grand-mère. Naturellement, nous connaissions ses dons de poète et c'est par là qu'il entra dans notre légende familiale. C'est lui qui vers le début du siècle salua en alexandrins la nouvelle année et déclama les vœux du personnel à mon aïeul. Il ne manqua jamais cette cérémonie qui ne pouvait rassembler tout le monde dans le bureau de mon grand-père. Les secrétaires, les greffiers, les commis s'entassaient dans la suite de l'étude dont les plafonds bas et la lumière verte n'ont pas changé, lourds de tant de secrets, de tant de drames et de joies. Il me plaît de vous convier à ressentir quand il vous plaira la prenante atmosphère où le génie de Jules Bouc trouva la chaleur qui l'allait faire éclore. C'était un grand homme chauve à longs gestes articulés qui se rendait à midi, quand tout le monde s'était égaillé vers les cafés et restaurants, dans les archives sous les toits. Mon grand-père l'y surprit bien des fois, pareil à l'un de ces hauts oiseaux qui dorment sur une patte, mais lui, perché sur une caisse, regardait par le vasistas, au-delà des toits du quartier, les colonnes de la Bourse qui l'inspiraient. Selon les souvenirs de mon père qui les tenait du sien, elles lui rappelaient aussi une cage, d'où il tira le titre de ce recueil auquel vous faites allusion. Hélas, nous n'en possédons plus d'exemplaire. Mon grand-père s'était retiré à Royan avant la dernière guerre avec ce qu'il avait de plus précieux, des tabatières de Chine et quelques originales dont les trente-deux variations sur la Chatte et l'Oiseau, sonnets dédicacés de Jules Bouc. Tout périt dans la liquidation armée de cette malheureuse poche. Je me tiens à votre disposition pour tout renseignement sur notre cher poète que son humilité rend plus illustre encore. Croyez, etc.

Emilion Silentaire

— Ils viendront tous fleurir ici Jules Bouc ! dit Valentin Thouin. Ils lui mangeront dans la main ! Je vous demande de voter pour ou contre mon projet. Madame Luge, si chacun en est d'accord, je vous en dispense.

— Il ne sera pas dit que je fasse obstacle une seule fois aux arts, dit-elle.

Les mains se levèrent, restèrent un moment à bouger tels des roseaux que les nymphes de leurs bras tendus semblèrent vouloir saisir.

— Repos, dit Thouin. Nous le méritons.

Il sourit à Madame Luge, mais elle se tourna vers Hérissart :

— Le bridge de mercredi, dit-elle, Luge le désire en cravate noire.

— Et Bouc à cheval, demanda Mlle Ponchard, on le pose où ?

— C'est le second point. Eclairez ma lanterne, dit Valentin Thouin.

— Evidemment, reprit Mlle Ponchard, j'habite près du chemin de fer, vous allez dire que je la verrais sur le terre-plein, à la sortie. Il accueillerait le monde, tourné vers la gare, son chapeau à la main.

— N'entrons pas dans les détails qui relèvent de Dièze, dit Thouin.

— Il ne va tout de même pas nous tourner le dos ?

— Quand on ira prendre le train, dit Hérissart, il aura l'air de nous dire de filer, ouste ! bon débarras !

— Ne faites pas de mauvais esprit, dit Charmin.

— Je vois ce que je vois.

— Ou alors, devant le Haras, dit Desainte, dans le pan coupé des grilles, à la place de l'ancien abreuvoir.

— Ou dans le jardin ici, sous nos fenêtres, dit Charmin. Il aurait l'air de nous dire merci. Je le vois très bien émergeant des saules, à deux pas de l'endroit où la mort l'a surpris.

— Il n'a pas laissé de famille ? demanda tout à trac Hérissart.

— Je n'y ai pas songé, dit le maire.

— Il ne faudrait pas que nous nous trouvions devant un veto, confirma l'assureur.

— Cela m'étonnerait, reprit Madame Luge, qu'un poète n'ait pas laissé quelques cœurs sur sa route.

— S'ils ne sont pas de la famille ? dit Thouin.

— C'est plus grave, dit-elle, il les choisit !

— Décidément, dit Thouin, vous êtes agressive. Je vais lancer une campagne de presse et nous verrons bien se lever famille et connaissances. Jules Bouc a cependant vécu seul dans nos murs, rue de l'Arbalète, la défunte rue de l'Arbalète, un parc pour automobiles. On ne peut pas poser une plaque sur le grillage.

— Ne regrettez pas cet entassement de taudis, lança Hérissart. Nous avons bien fait d'aérer, et d'ailleurs nous n'avions aucun souci d'un nommé Jules Bouc à l'époque. S'il était encore de ce monde, il serait à l'hospice, dans l'anonymat.

— A cent ans, on n'est plus anonyme, dit Thouin. De toute façon, il se serait rappelé à nous.

Mlle Ponchard s'était penchée sur la table et paraissait ramasser ses prunelles d'un petit coup de paume. Elle leva le nez au plafond.

— Je l'ai croisé quelquefois, dit-elle. Oh oui, toujours seul. En tout cas, l'homme que vous dites lui ressembler. Un long qui n'en finissait plus. Si j'avais su...

— C'était sa grandeur, dit Thouin.

— Vous avez prévu un socle ? demanda Hérissart. Mes établissements feront l'effort qui se doit.

— Dièze en décidera, dit Madame Luge.

— On n'a jamais su de quoi il est mort ? demanda le docteur Sterb.

— C'est vrai ça, dirent Plafond et Desportes. Il faut laisser une bonne impression.

— Il devait ne manquer de rien. En tout cas, il n'a jamais formulé de demande, dit Valentin Thouin. Nous respectons la vie privée. Avons-nous jamais laissé mourir de faim quiconque, ici ?

— J'ai l'intime conviction, dit le bibliothécaire, qu'il est mort comme il a vécu. Par enchantement. Je vois très bien sa dernière promenade. Regardez.

Il alla soulever le rideau d'une des fenêtres qui donnent sur le jardin.

— Je donnerais tous les Versailles pour ce bouquet de saules, tous les bords de mer pour ce bassin. Je ne souhaite pas d'autre décor pour mourir. La fin de Jules Bouc fut une magnifique image. Je ne le plains pas. Je le jalouse.

— Merci, Charmin, dit Thouin. Vous venez de remettre notre débat à la hauteur qui lui convient et les doutes que je pouvais avoir se dissipent. C'est bien un cheval qu'il lui faut.

— Avec un beau socle, dit Hérissart.

— Madame Luge, dit le maire, ne nous quittez pas. Vous êtes associée à ce grand projet. Puis-je me permettre de vous charger des rapports avec le sculpteur ?

— Pourquoi moi ? dit-elle.

— Je ne sais pas, dit Thouin, mais il me semble que vous pouvez l'exalter. Il ne m'a pas dit non, mais il va dire oui.

— Excellente idée, dit le directeur des Haras. C'est un homme qui vous ressemble, monsieur le maire, et Madame Luge vient de vous convaincre de la garder parmi nous.

En aparté l'assureur et l'hôtelier se demandaient si les Petites Sœurs des Pauvres de Madame Luge ne chaussaient pas du 45 avec une barbe étoilée de plâtre. Chacun l'avait vue se faufiler dans l'impasse de Dièze. Elle était bien la seule à l'ignorer.

— Nous n'avons pas abordé le prix de l'opération, dit Plafond.

— Il faut laisser discuter Madame Luge, dit Charmin. Tout cela ne fait qu'un bloc.

Il appuya sa semelle sur la chaussure de Moussu qui en fit autant sur celle de Desportes. Valentin Thouin regarda la femme du pharmacien. Il souffrait au plus profond.

— Je ferai de mon mieux, dit-elle.

— Eh bien, dit le maire je n'en doute pas. Voulez-vous transmettre nos meilleures pensées à votre mari ?

L'assureur leva le doigt.

— Nous n'avons pas parlé des nouveaux feux de circulation à installer rue des Blancs-Becs.

— Mon entreprise doit les porter à son programme, dit Hérissart.

— A l'angle des Blancs-Becs et de l'impasse au Foin ? précisa Mlle Ponchard. Je n'en vois pas la nécessité.

— C'est l'impasse du sculpteur Dièze, dit Madame Luge. Cela faciliterait le charroi de ses grandes pièces. On ne risquerait dorénavant aucune collision à la sortie d'un de ses chevaux.

— C'est ce que je pense, dit Hérissart. Nous devons tout faire pour préserver l'Art.

— Mes chers collègues, dit le maire en regardant sa montre, j'ai rendez-vous chez mon médecin.

— Qu'est-ce qu'il a ? demanda le docteur Sterb.

— L'esprit a toujours honoré notre assemblée, dit Valentin. Je lève à regret la séance.

Deux ifs encadrent l'entrée du *Jardin du Cœur* dont les balcons fleuris de géraniums altèrent avec innocence l'élégante sévérité. Les pots de fleurs en muselière sur les ferronneries se penchent vers la rue aux larges trottoirs auxquels un balayeur municipal est affecté. Les chiens, trois pour quatre habitants, les déshonorent à longueur de journée, regardés avec sollicitude dans leurs efforts par leurs maîtresses et curiosité par les gamins. Mme Desportes était devant son écran de télévision au retour de l'hôtelier et regardait justement une publicité pour nourriture canine.

— Encore ? dit Desportes.

Il allait couper l'émission, mais sa femme lui retint le bras. On passait une réclame pour l'assiette des chats.

— Les amours ! dit-elle, quand on pense à ces saloperies de clebs !

— Nous allons avoir une statue équestre, dit Desportes.

— Pour la mettre où ?

— C'est ce que je te demande.

— On n'a déjà pas de place.

— Une statue pour la ville.

— Il faut vraiment que vous jetiez l'argent par les fenêtres !

— Tu te trompes, Nocquoÿ va s'enorgueillir de ce qui fait la gloire d'autres villes, à l'étranger : une statue de Dièze et en plus pour le poète Bouc.

— Qui ?

— Il a vécu dans nos murs, dit-il assez fièrement.

— Ça se saurait ! Ah, les pauvres ! Juste au moment de passer à table !

Le petit écran montrait des enfants africains squelettiques, couverts de mouches, les yeux dans l'au-delà et mourant de faim. Elle poussa le bouton et releva le gros bouquet de campagne dont certaines fleurs basses retombaient sur la table au milieu des assiettes.

— Drôle de nom, Bouc.

— Est-ce que ton nom de jeune fille m'a empêché de te regarder ? demanda Desportes.

— Qu'est-ce que Biche a à voir avec Bouc ?

— Certes ! dit Desportes, et il ajouta tout à trac : Nous devrions nous offrir un dictionnaire.

Mme Desportes ouvrit de grands yeux.

— D'après Charmin, Bouc est un élégiaque, reprit-il. Je t'écoute.

— S'il fallait acheter un dictionnaire à chaque fois que l'on cherche un mot ! dit-elle. Moi, je n'ai pas besoin de carte d'identité quand le client se présente. Je sens. Je devine. Je ne me trompe jamais. Je sais à qui j'ai affaire. Que de fois je t'ai mis en garde ! Ton Bouc vient du Moyen-Orient, c'est clair.

Edouard, le concierge, apporta le courrier du soir.

— Je vous donne un peu de télévision ? demanda-t-il en l'allumant. Avec cette petite lampe pour ne pas vous user les yeux. Déjà que nous nous brouillons les sangs avec leurs nouvelles. Il paraît qu'il y a encore eu un scandale. Nous allons de scandale en scandale. Nous n'avons plus une chambre libre jusqu'à lundi. Je viens de donner le 29.

— Nous ne pouvons pas donner le 29, Edouard. Elle attend son lavabo. La fenêtre est condamnée par les travaux, voyons ! Et un méchant lit de camp !

— J'ai prévenu, madame, mais on insistait.

— Encore un adultère. Rien ne les gêne !

— Je ne crois pas, dit Edouard. Ce monsieur vient seul et m'a paru très bien. Une voix posée, qui s'écoute. J'ai dit : Nous n'avons plus que le 29 en cours de restauration. Le lavabo de secours est à l'étage noble. Il m'a dit : Je m'appelle Emilion Silentaire.

— Eh bien, ils ne perdent pas de temps ! s'écria Desportes.

— Tu le connais ?

— Oui, Biche. Vous avez bien fait, Edouard.

Le concierge tira sur son gilet. Quand il l'appelle Biche, j'ai l'impression de ne plus exister. Edouard regagna son comptoir, heurta la guitare qu'il rangeait sous la caisse et caressa les clés à leur tableau. C'était à la fois par amitié et par sûreté. Il arrive que l'une d'entre elles mal accrochée tombe, depuis que Mme Desportes, par souci de prestige, les a doublées d'une poire. Si l'on passe l'anneau de la clé dans le crochet du casier il n'y a pas de problème, mais il est fréquent que le second anneau, celui de la poire, s'engage le premier et il ne peut jamais le faire à fond à cause du volume de la poire, la clé reste ainsi en suspens incertain, vous la caressez et elle tombe. Tout progrès, tout luxe a son revers. Il faut bien se mettre cela dans la tête. Tout se paye. C'est d'ailleurs le titre du livre qu'Edouard est en train de lire depuis deux ans et qu'il sort du tiroir-caisse. Il en est à la page soixante-quatre, au quart environ. Sans compter que la caresse des poires, effleurante, élastique, qui sent fuir ce qui s'offre... Et j'oublie les leçons de musique, on ne peut pas tout faire.

— Oui ? dit-il au client qui tapotait le comptoir. Oh ! mademoiselle Ponchard, quel bon vent ?

— Auriez-vous un papier de soie ? dit-elle. J'ai usé mon dernier.

Edouard fit un aller-retour aux toilettes et Mlle Ponchard essuya ses lunettes.

— Gardez le rouleau, dit-il.

— Je ne voudrais pas déranger M. Desportes, mais dites-lui que c'est important.

Elle essayait de lire le numéro des clés au tableau, mais elle ne déchiffrait sur les plaquettes d'émail du casier que des points d'interrogation. C'était bien d'un hôtel, foyer d'inconnus ! Je n'aurais jamais pu exercer ce métier. Aller voir n'importe qui, soit ! mais le recevoir ! Enfin.

— Que se passe-t-il ? demanda l'hôtelier en lui tendant une main qu'elle manqua.

— Est-ce que je peux vous entretenir seul à seule ?

— Ma femme est une tombe, dit Desportes. Entrez donc.

— Il s'agit de fleurs. Je n'ai pas osé en parler au conseil. Ce sont des choses qui ne se disent qu'en confidence...

— ... et qui doivent se répéter dans le secret, minauda Mme Desportes, comme si l'on ne vous avait rien dit et qu'à votre tour vous ne disiez rien. C'est tout notre métier, c'est l'art de l'hôtellerie. J'en ai vu et j'en ai entendu au *Jardin du Cœur* ! Le monde, quand on met l'œil à la serrure !

— De quelles fleurs s'agit-il ?

— Des roses de Jules Bouc, dit Mlle Ponchard en s'asseyant sur la pointe des fesses, des roses qu'il m'a offertes.

Les hôteliers plissèrent les yeux. Mlle Ponchard se mit au fond de la chaise. Elle avait l'impression d'être face à des policiers et les Desportes devant une singulière affaire de mœurs. On a beau tout soupçonner, la nature n'en finit pas de vous surprendre. Desportes se sentit devenir important. Sa femme proposa un cordial et servit aussitôt trois petits verres. Où vont se nicher les saintes nitouches ? A quoi pensent les hommes ? Si une Ponchard reçoit des roses peut-on compter sur l'ombre d'un bon sens ? Elle est laide à faire peur, la pauvre. En est-elle responsable ? Non, certes, surtout qu'elle l'a toujours été, laide. En un sens elle est moins laide qu'autrefois, on se fait à tout, mais quand même. Ils reposèrent les verres.

— Neuf roses. C'était la veille de Pâques, peut-être un an avant sa mort.

— A son âge, dit Mme Desportes.

— C'est ce qu'il m'a dit, reprit Mlle Ponchard. « A mon âge, cela peut vous paraître téméraire. » J'étais en train de refaire l'ourlet de ma robe. Voilà que l'on sonne. Qui cela peut être ? Un malade ? Moi, en jupon, en plein milieu de l'après-midi. On sonne de plus belle ! Est-ce que je passe une blouse ? Pensez-vous, j'avais ouvert la porte. C'était lui, derrière son bouquet. Il murmura : « Pour vos sourires ! » J'ai dit entrez, presque malgré moi.

— Vous le connaissiez donc ? demanda l'hôtelière.

— Je l'avais rencontré quelquefois en faisant mes visites, surtout en traversant le jardin public. Vous savez que je ne vois bien les choses que de près et que ça me donne un rictus.

— Vous êtes en effet très souriante. Cela convient à votre apostolat.

— Je n'ai aucun mérite. Il m'arrive, le soir, à bout de fatigue, après avoir vu tant de misères, malades, égarés, désespérés, tant de silences à forcer et tant de feuilles à remplir, de me regarder dans la glace pour voir où j'en suis. Je tends le cou et qu'est-ce que je vois ? C'est à pleurer. Je ris, monsieur ! Comme en ce moment. Ça aide les gens. Ils viennent vers moi. Il est donc entré avec ses roses.

— Les vieillards ont toutes les audaces, dit l'hôtelier. Ils n'ont plus d'instants à perdre. Si vous saviez ce que nous avons vu, ici !

— Il s'est très bien conduit, reprit la visiteuse sociale et je me suis sentie à l'aise tout de suite ! Il parlait avec facilité, d'une voix féminine : « Je vous croise ici et là, dans les rues, au jardin de la mairie, sur le pont. J'adore les ponts. On a l'impression, accoudé au parapet, au bout d'un moment, d'être au-dessus de sa vie. » Et il n'arrêtait plus. « Je me suis dit qu'il me fallait répondre à cette dame qui me sourit, et me voilà. »

— Vraiment, ça ne doute de rien ! Toutes les occasions leur sont bonnes !

— Pouvais-je garder pour moi ce souvenir ? C'est ma façon d'élever sa statue, vous me comprenez ?

L'hôtelière détourna la tête et se regarda dans le miroir qui servait de fond au vaisselier. Une femme aussi laide que la Ponchard ! Un joli vicieux, ce Bouc ! Quand il y a tant de créatures désirables. Elle revint aux hublots de la visiteuse.

— Vous avez bien caché cette liaison, en tout cas !

— Mais il n'y eut pas de liaison !

Mlle Ponchard eut froid tout à coup, le regret de s'être ouverte, l'envie de fuir.

— Ma femme est une tombe, reprit l'hôtelier. Reprenons un petit cordial.

— Bois plutôt les paroles de Mlle Ponchard. Pas de mélange ! Et alors ? On n'arrive pas comme ça chez une femme, des roses devant et pas de pensées derrière ! Tout ce que je vois, c'est qu'il vous a mise à mal et que vous en souffrez encore. C'est à votre honneur, d'ailleurs. Quelle est la femme qui ne voudrait reprendre son corps à zéro ? Laisse-nous, Desportes !

— Mais c'est à moi que Mlle Ponchard est venue se confier !

— Laisse-nous ! Ou alors tais-toi.

Comme la visiteuse sortait le rouleau de son sac l'hôtelière fit un clin d'œil à son mari.

— Il ne faudrait jamais remuer le passé, dit Mlle Ponchard en se mouchant plusieurs fois, bruyamment. Sauf pour le jeter par-dessus bord. Je ne regarde d'habitude que l'avenir. Je le conseille à tous nos malheureux.

— Surtout que nous pouvons le peindre à notre guise, dit Mme Desportes. Mon père soupirait et me disait : peins-le en vert ! Vous voyez, j'en suis aussi aux confidences.

— Après tout, dit Desportes, un homme peut apporter des fleurs à une femme en ne pensant qu'aux fleurs, surtout s'il est poète. Vous lui avez dit merci et il est parti ?

— Il m'a dit neuf, à cause des neuf muses et il s'est mis à arpenter la pièce, tête baissée, lui si long, si maigre, comme s'il cherchait quelque chose à terre. Heureusement, c'est toujours propre chez moi. Pas un grain de poussière. Seulement une apparence sur le tapis parce qu'il est tellement usé. Un tapis de famille qui remonte à la nuit des temps. Et il a ajouté mystérieusement : « Vous avez aussi neuf portes. A chacune sa rose. » Sur l'instant je n'ai pas compris.

— Moi non plus, dit Mme Desportes.

— Attendez, dit l'hôtelier.

Elles le regardèrent qui comptait sur ses doigts, et reprenait le décompte.

— Je n'en trouve que sept, finit-il par dire.

— J'étais comme vous, dit la visiteuse.

Edouard frappa à la porte vitrée, l'entrebâilla et dit d'une voix de confesse :

— Le denier du culte.

— On ne peut pas être tranquille ! s'écria l'hôtelière. Il n'y a plus que des quêtes ! Les jeunes, les vieux !

— Qu'est-ce que je fais ? demanda Edouard.

— Ce qu'on a donné l'an dernier.

— J'ai bien pensé, mais le vicaire dit qu'il faut tenir compte de l'inflation.

— J'y vais, dit l'hôtelier.

— Et en plus il a marché dans la crotte ! Il y en a partout dans l'entrée, dit Edouard.

— Excusez-moi, mademoiselle Ponchard, dit le patron. Je ne partage pas les idées du vicaire, mais dans le commerce il ne faut mécontenter personne. Nous avons eu l'an dernier un coadjuteur et sa secrétaire, pendant une semaine. Nos deux meilleures chambres.

— Avez-vous pensé aux narines ?

— Sept et deux neuf, eh oui ! Ce sont aussi des portes !

— Ne vous dérangez pas, dit Edouard, j'ajoute dix pour cent.

— Demandez un reçu ! lança Mme Desportes. Ce Jules Bouc n'y allait quand même pas par quatre chemins, et alors ?

— Il a continué à tourner dans le salon, à distance, en m'observant du haut en bas. Je me suis mise à virer sur place. Il a dit : « Vous êtes le pivot de l'horloge et moi la grande aiguille. » Il ne souriait plus. Il devenait même un peu triste, comme s'il regrettait d'être venu, vous voyez ? Comme s'il n'osait plus me regarder. Il m'a baisé la main et il est parti. Je ne l'ai jamais revu, je veux dire à la maison. Je l'ai encore croisé, bien sûr, mais il changeait de trottoir. Je suis même allée vers lui une fois, mais il est entré à *L'Hameçon enchanté,* près du pont. M'avait-il vue ?

— N'en doutez pas, dit l'hôtelière.

— Vous comprenez que cela me fera très drôle de le voir à cheval, dans le jardin de la mairie.

— Et vous tournerez autour ! dit Mme Desportes. S'il ne tenait qu'à moi je mettrais tous les hommes en bronze.

Branli le chien-loup du pharmacien ne quittait pas son maître. Il avait sa niche sous le rayon des produits de beauté, près de la porte du laboratoire où le personnel va passer son café et laver à l'eau oxygénée les petites blessures que se font les clients. Luge y entretenait toutefois par nostalgie quelques mortiers, balances, éprouvettes et cornues. Le magasin était en verre et acier. Quand Luge restait seul le soir, à la descente des rideaux de fer, commises et potards en allés, contrôlés les comptes extraits de la caisse enregistreuse, Branli l'accompagnait pour un tour de quartier. Luge observait attentivement, fines lèvres serrées, les efforts et les excréments de la bête qui les posait en plusieurs fois, à ses places de trottoir préférées. Les soirs d'été, le pharmacien allongeait ses promenades au-delà du tour de ville jusqu'aux casernes où il surprenait quelquefois, s'arrachant aux barbelés de l'enceinte, des chants de l'époque nazie, d'un exotisme qui arrivait encore à l'émouvoir, à le remettre à ses premiers souvenirs quand défilaient dans la ville, devant ses yeux éblouis de gamin, les troupes d'occupation. C'était loin et proche tout cela et il se disait que s'il pouvait croire en Dieu, un monde ! il lui faudrait bien admettre qu'il faut de tout pour le faire.

Il regagnait ensuite l'appartement de verre et d'acier semblable au magasin, avec d'innombrables rayons chargés de livres dont les reliures ressemblent aux cartonnages des spécialités. Jeanne n'a jamais aimé la marche. C'est une sédentaire. Quand elle n'est pas là, elle est assise dans une salle de cinéma, elle écoute un concert, une conférence. Par chance, la ville est citée en exemple pour sa culture. Les manifestations artistiques se succèdent. Jeanne rentre tard, mais elle me tient au courant sans que j'aie à me déranger, d'ailleurs le puis-je ? On ne sait pas, même ayant un conseiller fiscal, la paperasse qu'il me faut regarder chaque soir ! Et me tenir au courant des nouveaux remèdes ! Jeanne s'étonne toujours que je tombe de sommeil quand elle rentre.

— Qu'est-ce que je disais ! Jeanne, tu es là ? Au pied, Branli.

Le chien-loup s'allongea sur la descente de lit, à l'ouest, car son maître ne dort bien qu'à l'ouest et la tête au nord. Luge se lava les dents et prit un cachou. La pendule sur laquelle était assise en amazone une marquise à son miroir indiquait la demie de dix heures. C'était le seul objet qui rappelât les temps anciens, mais Jeanne y tenait parce que c'était le seul souvenir de son père qui lui-même l'avait reçu du sien. Branli, en carpette, ne leva qu'un œil lorsque son maître l'enjamba pour se glisser dans les draps avec le dernier bulletin de la profession. Luge l'effeuilla, sauta la nouvelle qui illustrait chacune des livraisons, texte vraiment trop court qui vous laisse sur votre faim, on ne se fatigue plus de nos jours, où sont les Balzac ? et s'enfonça dans un reportage aux usines chimiques de la banlieue de Séoul. Ils nous posséderont un jour.

— Nous avons le temps, Madame Luge ! dit Dièze. Tu arrives comme une furie. Nous mangeons le saumon avec un lance-pierres et il n'est que dix heures et demie.

Elle pivota sur la natte où ils faisaient la dînette et lui ceintura le front des deux mains.

Dièze mastiquait toujours son pain beurré. Elle se pencha et lui prit brutalement les lèvres. Il n'y a pas de milieu avec les femmes. M'introduirais-je de force dans une bouche où du pain à sept farines, blé, orge, seigle, maïs, riz, fève et soja, mon préféré, du saumon rose, du beurre jaune, du poivre vert, de l'huile d'olive et des lamelles d'oignon tournent et se mêlent dans une ombre tiède ?

Dièze déglutit et s'étrangla, renversé sur le sol. La droite de Jeanne lui pince le bout du sein et le tient écrasé ! La lune s'imprime à la chinoise, à l'angle de l'une des longues vitres obliques de la verrière. C'est quand même une femme épatante. Il n'y a qu'à se laisser faire. Quand on a tout le jour martelé la matière il fait bon à son tour se laisser frapper. L'art et l'amour connaissent le même saccage. Comme un enfant boudeur qui se tient dans son coin et finit par rejoindre le colin-maillard enchanté, Dièze au cours d'un déboulé que sa forme favorisait s'immobilisa contre la statue de marbre de Madame Luge, le modèle sous lui. Il avait repris le dessus. Les yeux sur le marbre indécent, il avait l'impression de le travailler au plus profond, d'être enfin le maître de la matière la plus difficile, comme le créateur l'avait sans doute connue au premier jour du monde. Jeanne s'ajoutait des vagues et des vagues, à l'infini. Dièze ferma les yeux. Il entendit encore un râle, une écume à peine, transparente, et retrouva aux quatre coins du sol chemise, bretelles, bleu de travail.

— Merci, dit Jeanne d'une voix d'outre-tombe. La lune est magnifique.

— J'ai perdu une chaussette, dit Dièze.

Elle s'était glissée sous les reins cambrés du marbre.

— Je ne viendrai pas demain, mon amour.
— Pourquoi ?
— C'est mercredi, le bridge à la maison.
— J'oubliais, dit-il.
Il la prit par la main et ils contournèrent des bustes, des squelettes d'oiseaux, des ferrailles, des poulies, le vélo qui pendait du plafond, des baquets de sable. Sur la table où manches en l'air des marteaux composaient un dramatique bouquet, Dièze se pencha et souffla puissamment. Sous un nuage de poussière apparut un jeu de cavaliers au fusain.
— Tu aimes ?
— C'est Jules Bouc ?
— Lequel préfères-tu ? En armure ? En toge ?
— Celui-ci, dit Jeanne.
— A poil. Un livre à la main. Et le cheval à cru.
— Il te ressemble, dit-elle.
— Je prends ce que j'ai sous la main. Je ne vais pas faire un vieillard, mais un homme dans la force de l'âge. Ou alors ceci.
Il prit une autre feuille.
— Un enfant ? s'écria Jeanne.
— Jules Bouc a été aussi un enfant. Le poète reste un enfant. Ça ne s'explique pas autrement. On ne voit pas un homme normal aligner des lignes et les mesurer toute sa vie, au pied près. Un enfant à cheval au bout du mail, et sur le socle une inscription : « Nocquoÿ et l'Amour, à Jules Bouc ». Quelque chose de rude.
— Ton cheval est si doux !
Elle se tourna vers le grand plâtre.
— Je le vois en fer, rouillé, et dessus l'amour en marbre tout lisse.
— Ça ne va pas jurer ?

— Comme les artistes, sur ce monde piqué.

— C'est toi qui décides, Alexandre. Il est temps que je rentre maintenant. La conférence sur le temple d'Angkor doit toucher à sa fin.

— Et qu'est-ce que tu vas raconter à ton pharmacien ?

— Que l'on a saccagé les bas-reliefs. Pillés. Vendus par morceaux. J'ai lu avant de venir. Des bas-reliefs de chasse, de pêche, de guerre, de triomphe sur deux cents mètres de long et qui ont l'âge de Notre-Dame de Paris, mais de toute façon Luge va dormir. Je lui dirai : devine qui j'ai vu dans l'assistance ? Dièze ! J'ai d'abord cru Valentin Thouin, mais pas du tout, c'était Dièze. Tu aurais dû venir, c'était passionnant. Et je m'endormirai en prononçant ton nom. Je lui parle souvent de toi depuis que le bruit de Bouc commence à courir les rues. Les commerçants sont au courant. Luge finira par envoyer une note à son journal professionnel. Il est très fier de Nocquoÿ. Il ne faut pas le sous-estimer. Simplement je me suis mariée trop jeune, sans connaître la vie. Il était très séduisant, parce qu'il ne parlait pas ! Les jeunes gens m'accablaient de leurs bavardages, lui se contentait de me regarder.

Dièze poussa la lampe qui tombait à long fil au ras de la table.

— Il ne parle même pas à Branli.

— A qui ?

— A son chien. Il le regarde.

Dièze empoigna un marteau et frappa la table. De nouvelles poussières s'élevèrent dans le cône de lumière qui allait et venait.

— Et qu'est-ce que tu faisais avant de me rencontrer ? Dis, je ne suis pas jaloux.

— J'ai acheté une guitare, j'ai pris quelques leçons. Je la gratte par-ci, par-là.

— Et le professeur ?

— C'est Mme Sterb, oui, la femme du médecin. Je ne vogue pas dans ces eaux-là !

Dièze ne l'avait jamais encore surprise dans un si beau rire, un rire à sculpter. Il lui baisa la main.

— Une chose m'aiderait, veux-tu répondre sans réfléchir ?

— J'ai l'habitude.

— Non, je ne crois pas. Reviens dix ans en arrière.

— Je vais être en retard, Alexandre !

— Un soir, un soir d'été, veux-tu ? Tu rentres de ta leçon de guitare, par le chemin des écoliers. Le mail, le jardin, la gare, le fleuve, le chemin de halage vers les écluses, c'est la fin du jour. La fraîcheur monte à peine de l'eau. Le talus a ces parfums amers, un peu anisés. Tu t'arrêtes, parce que tu es heureuse ! Tu t'assieds. Tu prends ta guitare comme une enfant sur tes genoux (entre parenthèses, une prochaine fois, tu l'apportes, tu reprends soi-disant des leçons, avec Mme Sterb ou qui tu veux) et tu égrènes tout ce que tu as sur le cœur.

— Alexandre, tu le fais exprès ? Tu veux que j'aie des histoires avec Luge ?

— Il ne s'agit pas de Luge. Il s'agit de Jules Bouc, qui passe par là comme tout poète, un soir d'été. Il entend. Il écoute. Il avance. Il est devant toi. Il est aux anges. C'est un nonagénaire.

— Et après ?

— C'est bien ce que je pense. Ça ne te gêne pas. Tu lui souris.

— Evidemment. Voilà un homme qui est aux anges. Il ne fait sûrement pas son âge. Mon père, par exemple, tu aurais juré un adolescent !

— Tu continues donc à jouer, tu joues pour lui.

— Naturellement.

— Et il te dit : « Je sens que vous êtes seule, enfin seule avec la musique. Moi aussi je suis seul, seul avec une musique que vous pourrez mettre en musique. » Partirais-tu avec lui ?

— Je ne sais pas. J'ai entendu dire à la pâtisserie, en donnant commande pour le bridge, que c'était un très bel homme. De grands yeux clairs, de très belles lèvres, un nez royal.

— C'est ce qui me manquait ! Tu vois qu'il faut parler ! Je n'avais pas pensé au nez royal.

— Etait-il comme ça, vraiment ?

— Il le sera, dit Dièze. Je le tiens ! Si je te disais que chaque fois qu'il me faut une tête je prends la mienne ! Regarde !

Il tira un rideau qui masquait des étagères de diverses hauteurs, un quinconce de cases où veillaient des bustes en terre, barbus et carrés, de face, de profil, et la même nuque trapue où bouclent des cheveux de charretier.

— Tu es plus beau qu'elles, dit Jeanne. Elles me font peur.

Elle les masqua d'un coup sec et la toile les enveloppa de poussière. Sous la niche énorme le cheval de plâtre encensait. Madame Luge éternua.

— A tes souhaits !

— Comment peux-tu vivre là-dedans ?

— Une poussière toujours en mouvement, dit-il en riant. La vie ! Dépêche-toi d'aller retrouver ton verre et ton acier, et ton Luge en plomb, mais il m'est sympathique. A sa place je dormirais aussi.

Il la poussa gentiment au-dehors et la regarda s'éloigner. Il éteignit les lampes. La forme noire et fine lui restait dans les yeux, courbée, vive, la robe en torsade dans la nuit claire, enchantait les rues qui pressaient les façades autour d'elle, abaissait le ciel, réduisait la porte de la pharmacie, resserrait l'escalier, donnait à la chambre de Luge la taille d'un tombeau et à Branli la petitesse d'un chien de gisant.

— Tu dors ?

Luge se retourna sans répondre et Jeanne se rendit à la salle d'eau, mit ses vêtements à terre, sans un œil au miroir, fit demi-tour et gardant l'odeur de Dièze, crayeuse et d'écume, gagna le lit, se mit sur le dos, genoux hauts pour ressembler à son marbre et garder encore les coups, frappe et taille du puissant. Le sommeil rafla le jeu de cartes dont les figures tombaient une à une, archers et poissons d'Angkor, miroirs d'eau, bustes à la barbe bouclée, Jules Bouc au bord du fleuve, si jeune et les mains jointes devant la guitare.

On achetait peu de livres à Nocquoÿ, mais on allait en emprunter quelquefois à la bibliothèque. Mémoires et récits historiques l'emportaient à peine sur les manuels d'astrologie et de science-fiction. Il y avait cependant quelques amoureux d'aventures amoureuses et deux passionnés de poésie, le bibliothécaire Charmin et l'épouse du docteur Sterb qui sans âge était bien jolie avec ses yeux mauves et son grain de beauté, celui que chacun pouvait voir à sa lèvre supérieure, car elle en avait d'autres. Saluée par un « mes hommages, madame Sterb » du concierge à qui seule sa jambe de bois interdisait la révérence — la guerre, mon Dieu ! les hommes ! —, le mal est donc là toujours et la Providence le tolère ! elle arrivait au début de l'après-midi, quand les grandes salles dorées dans leurs murs de livres sont vides et que le regard file sur les longues tables de lecture, cirées, sans personnages et sans papier. Elle les traversait sur la pointe des pieds pour se rendre dans le saint des saints où Charmin officiait à un pupitre encombré de pipes aux fourneaux ouvragés : spahis, sirènes, sous le regard indifférent du chevalier de Framboise, mignon d'Henri II qui l'exila par fatigue. L'intempérant finit ses jours à Nocquoÿ en père de famille modèle. Avant de s'enfuir par la mer Egée avec un évêque *in partibus,* au début de ce siècle, le dernier de ses descendants vendit la demeure à la ville.

— En effet l'on se croirait en été, lança Charmin, mais cela n'a rien d'étonnant puisque nous en sommes à deux doigts, et rappelez-vous le décasyllabe du poète : « Si je n'y suis pas Dieu veuille m'y mettre ! » Ah, madame Sterb, que la vie est charmante à certaines heures ! Protégé par les ouvrages de l'esprit, sous l'œil de notre regretté Framboise à qui nous devons de remettre à Pâques nos prix de vertu, ne l'oubliez pas, porté vers les songes sur un nuage de tabac, que pouvais-je demander pour que mon bonheur fût complet ? La visite de la beauté ? Vous voici.

— Comment se fait-il, dit Mme Sterb, que vous ne vous soyez jamais marié ? Les femmes laissent donc toujours s'envoler l'oiseau rare ?

— Cervelles d'oiseaux ! dit Charmin.

Mme Sterb attendit un bon moment que Charmin qui se ravissait soi-même au jour la journée eût fini de rire, puis de tousser, de s'étrangler, enfin de cracher dans un spacieux mouchoir à son chiffre.

— Mais je vous dérange peut-être, dit-elle, je vois que vous êtes en train d'écrire.

— Oui, dit Charmin, mais ne le répétez pas. C'est le prochain discours de Thouin pour la visite du Premier ministre. Il demande une subvention et une longueur d'onde pour la jeunesse de Nocquoÿ, comme si nous n'avions pas assez d'émetteurs, mais j'y vais d'une plume lyrique...

— Vous n'en avez pas d'autre.

— ... en effet, et savez-vous pourquoi je suis enthousiaste ? Parce que d'abord je n'écoute aucun poste et qu'ensuite, plus il y aura d'intoxiqués plus nous serons tranquilles, ici.

— Vous m'avez déjà mis la puce à l'oreille.

— C'est mon rôle, dit Charmin. Ajoutez la multiplication des chaînes et des petits écrans, voyez les peuplades fascinées jusqu'au sommeil. Je vous le dis, nous serons de moins en moins dérangés, mais ne restez pas debout.

— Je suis assise, dit Mme Sterb.

Avec les femmes tout va si vite ! Le bibliothécaire tira une bouffée de sa sirène. J'ai pensé quelquefois au mariage, mais c'est cela qui m'a toujours retenu, de les voir, toujours en avance sur moi, assises déjà, arrivées, sûres d'elles, quand j'en suis encore à me demander où suis-je ? Le poète n'a pour épouse que la poésie.

— Je vous écoute, dit-il.

— J'ai appris par mon mari que les œuvres de Jules Bouc ont eu des malheurs.

— D'autant plus regrettables, dit Charmin, qu'ils ont fondu sur l'unique plaquette où notre ami avait concentré ce qu'il avait de plus exquis.

— J'aimerais que vous me la lisiez, dit Mme Sterb.

— Comment, vous ne savez pas ? Elle a même disparu du dépôt légal ! Moi qui suis habitué à des travaux de longue haleine et de toute patience voici que le temps me presse ! Le maire voit l'inauguration de la statue cet automne et l'essentiel de son discours sera l'un des sonnets qu'il me faut reconstituer. Le dernier des trente-deux me paraît le plus riche en souvenirs. Cinq mots y sont lisibles dont deux rimes, et le titre : « La Chatte et l'Oiseau ».

— Une œuvre de titan, dit Mme Sterb.

— Oui, dit Charmin avec simplicité. Ce sera le couronnement de ma carrière.

— Vous allez travailler comme un nègre ! dit-elle.

— Sait-on les pères réels des œuvres ! Il y en a si peu. J'espère ne pas être en dessous de Jules Bouc dont je libère l'âme quelque peu tragique, « La Chatte et l'Oiseau » ! Un esprit ordinaire aurait écrit « L'Homme et la Femme », évidemment.

— Je ne voyais pas du tout cela, dit Mme Sterb en rougissant.

— Ça crève pourtant l'œil.

— Je songerais plutôt à un poème sur l'attente. La vie n'est-elle pas qu'attente ? La chatte est sur un mur et regarde l'oiseau sur la prairie, ou peut-être au pied d'un arbre et la fauvette à la plus haute branche. Un charme les tient éloignés, une sorte d'admiration réciproque et d'étonnement devant leurs différences ? Et celui qui peut nous raconter cela est allongé à distance, son crayon à la main et notant le silencieux duel.

— Je ne crois pas, dit le bibliothécaire. Que viendrait faire le mot cuisses que j'ai mis au jour la nuit dernière, le mot râle ?

— Je ne vous croyais pas obsédé, dit Mme Sterb.

— Ce n'est pas moi, mais Bouc, dit Charmin. Et d'ailleurs, chère amie, après quarante ans de réflexion sur la mise en route de mon œuvre dont le plan couvre environ deux cent mille vers, de l'ère quaternaire à nos jours, quand les sens se refusent, quand un doute paraît, je constate que le sexe m'apporte toujours l'explication, comme une évidence.

— Un testicule ne peut pas toujours être l'œuf de Colomb, dit Mme Sterb.

— Eh bien, dit Charmin en la notant, me permettez-vous d'emprunter cette image ? Je la mettrai dans ma préface.

Il posa sa sirène et bourra un spahi. Mme Sterb paraissait rêveuse.

— Je le suis, dit-elle.

— Puis-je vous aider ? demanda Charmin.

— Peut-être, reprit-elle. Je regarde ces murailles de livres aux auteurs oubliés et voici qu'un homme survit avec quelques lignes.

— Un vers suffit, dit sentencieusement Charmin, que dis-je ? Un mot. Songez à Cambronne qui d'ailleurs ne l'a pas prononcé, nous en avons la certitude.

— Ce sera le cas de Jules Bouc. Ah, monsieur Charmin, vous êtes un démon.

La lumière oblique des fenêtres s'allongeait jusqu'à ses pieds. Elle les recula, rapidement rejoints par la barre éclatante sur le parquet où marchait une mouche ivre. Mme Sterb la vit et d'un coup de semelle tenta de l'écraser. Charmin sursauta.

Elles sont étranges. Elles viennent avec une idée arrêtée et tout à coup l'oublient. Quand donc se déclarera-t-elle ? Quand donc osera-t-elle dire qu'elle est venue ici pour moi, simplement pour moi ? Faudra-t-il qu'après son départ je note sur mon éphéméride une fois de plus un point d'interrogation ? C'est bien simple, comptons-les. J'ouvre le dernier agenda : avant-hier, un point d'interrogation ; la semaine dernière, deux ; celle d'avant, trois...

— Je vous laisse travailler, dit Mme Sterb. Je vois que vous êtes de nouveau captivé. Excusez cette visite, mais Jules Bouc m'intrigue tellement.

Elle restait assise. Certes, tout est possible entre lui et moi, mais nous nous ressemblons trop. Nous aimons trop la tranquillité. S'il fait le premier pas vers l'aventure, je ne dis pas que je le repousserai. Non, je ne le dis pas, mais sans doute préférons-nous, l'un et l'autre, qu'il ne se passe rien.

Charmin la voyait subitement sombre et sévère comme un lac de montagne. Le paysage le plus difficile pour lui. Je sais bien que la gentiane, l'edelweiss, les clarines...

— Comment va la guitare ? demanda-t-il.

— Quelques élèves qui me navrent sans doute autant que vos lecteurs. Le seul doué monte à Paris. Il vient de temps en temps me montrer ses progrès, et j'ai honte de moi.

— Le fils du luthier de la rue des Carmes ?

— Non, celui-là se contente de quelques accords pour plaire aux filles. Il me l'a dit. Je ne sais pas pourquoi je le garde. Je n'ai nullement besoin d'argent. D'ailleurs mes prix !... mais c'est une bête magnifique et qui n'a pas l'air de le savoir. Je lui dis : « Que m'offrez-vous aujourd'hui ? » et je l'écoute, assise sur le tapis, à ses pieds, comme ses petites amies. Il éclaire des pans inconnus de ma jeunesse. Si c'était à refaire ! Pourquoi grimacez-vous ?

— Mon épaule, dit Charmin, et la droite, celle avec laquelle j'écris ! D'où mes lenteurs. Il faudra que je me décide à aller voir votre mari.

— Voici des années que nos entretiens finissent par cette phrase et vous ne bougez pas. L'important, c'est que vos douleurs n'empirent pas. Comme pour le reste, on arrive à s'y faire.

Charmin tirait sur sa pipe et la fumée ressembla un instant à un arbre, où ses yeux battaient des cils. Mme Sterb y vit deux oiseaux qui s'ébrouent, puis tout se dissipa. Il n'y avait plus qu'un homme comme les autres qui a l'air de penser. Il ne manque pas d'audace de se prendre pour Jules Bouc.

— Je vous laisse, dit-elle sans se lever.

— Rien ne presse, dit Charmin. Il faut que les choses mûrissent.

Il tapota sa pipe sur l'encrier qui lui servait de cendrier.

— Si vous n'étiez pas venue j'aurais glissé dans une petite sieste, vous voyez ! Et j'ai la chance de vous avoir comme un rêve vivant. Pourquoi partir ? Est-ce si désagréable de savoir que l'on est un rêve en chair et en os ?

Il sortit d'un tiroir de son bureau une bouteille de rhum et un verre.

— Vous me faites toujours boire ! dit-elle.

Cela faisait partie de leur rite.

— On frappe ! dit Mme Sterb, et comme elle craignait que le visiteur pût se méprendre elle lui cria aussitôt d'entrer !

— Ah ! fit Charmin à la gardienne qui apportait des fleurs. Merci, Antoinette, mais celles-ci tiennent encore !

Il tapota les primevères qui somnolaient sur le bureau. Des pétales tombèrent avec douceur.

— Pensez donc, il ne peut pas vivre sans, dit Antoinette en s'inclinant vers Mme Sterb, et il n'en a jamais trop ! Quand j'apporte le courrier je le surprends toujours le nez dedans.

— Ce sont de bonnes amies, dit le bibliothécaire en ramassant l'un des pétales qui ressemblait à une barque sur l'étang de cuir vert du bureau.

Antoinette sortit de son tablier un petit carré de soie mauve tout froissé qu'elle tendit à Mme Sterb.

— Je l'ai ramassé dans l'escalier et je me suis dit que ça ne pouvait être qu'à vous. Il y a vos initiales. De la broderie comme on n'en fait plus. Et vous roulez ça en boule !

— Merci, dit Mme Sterb rougissante.

La gardienne alla changer l'eau dans la fontaine en pierre qui ornait l'un des murs. Le couple la regardait en silence et Mme Sterb songeait qu'il existe quand même des gens qui vont et viennent tranquillement au milieu des soucis des autres, aussi étranges que le bonheur.

— Je vous laisse, dit Antoinette. Vous n'avez besoin de rien pendant que j'y suis ? Des énergumènes sont encore venus peindre des inscriptions sur nos murs, à la bombe, en plein jour, là, c'est tout frais. Sur le retour du mur, vous pouvez les voir d'ici. Elle ouvrit la fenêtre et entraîna

Mme Sterb. Des horreurs comme d'habitude, mais en étranger, cette fois, avec des oiseaux qu'il faudra enlever aussi au chalumeau, je vais prévenir la mairie. — Elle se tourna vers le bibliothécaire qui n'avait pas bougé. — Evidemment, vous n'avez rien vu. Il marche les yeux baissés !

— Quand je marche je me concentre, Antoinette. Je ne m'ouvre qu'ici.

— C'est charmant, dit Mme Sterb. Il n'y a pas de quoi fouetter un chat. « Like free bird. »

Charmin regardait les jambes de Mme Sterb, penchée sur la pointe des pieds. Que demander de plus ? Au-delà c'est le domaine de l'erreur. Je n'avais jamais remarqué la force de ses mollets. En un éclair Charmin les sentit se nouer à son cou et l'étrangler.

— Like free bird, reprit Mme Sterb.

— Leurs cochonneries ! grommela Antoinette en s'en allant.

— Vous disiez qu'un seul vers peut rester la gloire d'un homme. Ces mains qui griffent les murs y laissent leur vie, leur sang.

— Vous vous emballez pour un rien !

Il la regarda qui froissait le carré de soie mauve dans sa main et le portait d'un geste rapide à ses yeux, en coup de patte, et le fourrait dans sa poche.

— Il faut sauver la mémoire de Jules Bouc, monsieur Charmin.

— C'est lui que vous êtes venue voir ?

Elle se rajusta.

— Vous étiez très belle à la fenêtre.

— Ecoutez, Charmin, restons sages. Avez-vous une idée sur son choix de Nocquoÿ, comme retraite ? Il semble qu'il n'ait eu ni parents ni connaissances.

— Jusqu'à présent, dit Charmin, mais tout le monde va nous assurer qu'il l'a fréquenté. Patience !

— Il paraît que Mlle Ponchard a été du dernier bien avec lui. Mon mari a été appelé la semaine dernière au *Jardin du Cœur*. L'hôtelière avait des vapeurs. Il a tout appris.

— Mlle Ponchard ? dit Charmin d'un air de doute.

— Ça vous étonne ? S'il fallait que tous les couples fussent à notre convenance ! Evidemment on se demande toujours ce qu'il peut trouver, lui, dans ce gourbi ou ce qu'elle peut bien dénicher, elle, dans un pareil sac.

— Mlle Ponchard, reprit rêveusement Charmin avec une nuance à la fois de jalousie et de reproche. Elle fut peut-être désirable. Il n'est pas interdit de penser que dans les temps anciens...

— Nous changeons tellement ! dit Mme Sterb. Je vois bien mon mari.

— Quoi donc ?

— ... Vous êtes mon ami, Charmin, un ami à qui l'on peut tout confier. Mon mari ne me regarde plus, mais il lui arrive deux ou trois fois par an de me murmurer avant l'extase que je rajeunis, que je suis belle, aussi belle qu'au premier jour, que j'ai tout à coup dix, vingt, vingt-cinq ans de moins, que mon visage perd ses rides, s'apaise et retrouve le lisse, la douceur, le plein, la candeur d'avant même le premier jour, quand je n'étais qu'étonnement et confiance.

— Calmez-vous, dit Charmin. Ne voyez-vous pas dans quel état vous me mettez ! Vous l'avez dit, restons sages.

— Vous êtes mon ami, vous pouvez tout entendre. Je ne vous dis que ce qui est.

Elle sortit de nouveau le carré de soie mauve. Charmin desserra ses jambes et prit une autre pipe, une à tête de zouave dont les traits ravagés venaient d'une longue chevauchée dans le désert implacable. Des femmes ont pleuré par ma faute. Elles ont cru que j'étais une oasis, la source et les palmes, un divin arrêt des fièvres. Le silence s'agenouille comme une chamelle que l'on débarrasse de ses couffins de dattes, de son tapis à prière. Un grand merci monte dans l'apaisement du jour. Les couleurs tombent les unes sur les autres et laissent un ciel lisse où notre âme est visible et prend la forme d'un oiseau.

— Like free bird, dit Charmin.

Mme Sterb s'était levée pour mettre un ordre nouveau dans les fleurs que la gardienne n'avait pas assez aérées. Un jaune domine les indigo et les pourpres. Charmin se détache paresseusement du dos de son fauteuil, allonge un bras et caresse la main de Mme Sterb, transparente dans le grave bouquet.

— Si tout s'arrêtait à cet instant, dit-il, je n'aurais pas manqué ma vie.

— Je vous empêche d'écrire.

— Ecrire est un pis-aller. Ah, revenir en moi au temps de ma première bête !

La main de Mme Sterb restait inerte. Charmin l'abandonna et se cala de nouveau dans son fauteuil. Le zouave laissait encore s'échapper une volute. Charmin tira de toutes ses lèvres sur le tuyau. Mme Sterb restait debout derrière les fleurs.

— Jules Bouc, dit-il, n'a pas choisi Nocquoÿ. Il cherchait un coin où se retirer, après la fournaise de Paris.

— L'étude de Me Silentaire, une fournaise ?

— Aux flammes douces, en purgatoire, mais il cherchait le paradis. Nous savons tous qu'il est sur la terre, mais où ?

Mme Sterb s'assit. Elle retrouvait enfin le personnage qu'elle venait chercher ici, dans les heures creuses.

— Bouc est dans le train. Il l'a pris souvent, chaque fin de semaine, dans toutes les directions, à la recherche de son point de chute. Et un jour, à l'arrêt de Nocquoÿ, une minute pour les express, le temps même des grandes décisions, alors qu'il se trouvait debout dans le couloir, il aperçut une femme sur le quai, une forme exquise et surannée qui correspondait à ses rêves. Il saisit son bagage et descendit, mais la divine avait disparu au bras d'un représentant en bretelles, sans doute, d'un professeur de mathématiques de cours moyen, d'un comptable du Trésor, de je ne sais quel individu sans autre odeur que celle de son maillot de corps et qui se rase tous les deux jours pour allonger la vie de son coupe-chou. Où est-elle passée ? Le train repart dans le dos de Jules qui regarde de tous côtés. Il ne la reverra jamais. C'est pourtant l'une des femmes quelconques qu'il lui arrivera de croiser plus tard, dans les rues de Nocquoÿ qu'il découvre. Y a-t-il plus satisfaisant qu'une vieille ville intacte qui vous montre ses parures de vingt siècles et dont on fait le tour en une demi-journée ?

— Ça s'est passé ainsi ?

— Evidemment ! Et il a trouvé à se loger tout de suite. On ne veut plus que des ensembles et du bruit. On fuit Nocquoÿ. Jules s'est arrêté à la première pancarte : A louer. Deux pièces qui sentent le bois humide, le vieux journal et quelque pelage où reste une odeur de poisson, avec la note, très haut, d'une peinture à la craie. Et ça lui convient parce que la fenêtre sans rideau donne sur un jeu de courettes où jouent de mur à mur et s'inclinent sur eux-mêmes des arbres solitaires.

— Et le silence en plus ! s'écria ravie Mme Sterb. Quand nous allons à Paris le docteur et moi, pour suivre un symposium, ce tourbillon, ces voitures, ces tours, ces gaz d'échappement, ah, rentrons chez nous !

— Vous l'aimez donc tant que ça ? demanda Charmin.

— Il aime à me présenter, dit Mme Sterb, même à des

inconnus. Il ne retrouve guère qu'un ou deux camarades de promotion qui sont les derniers hommes à me baiser la main et qui me disent chaque année, depuis vingt ans, que je ne change pas, au contraire, je rajeunis.

— C'est faux, dit tranquillement Charmin. La vérité est le signe de l'alliance véritable. Je vous le dis comme je le vois : vous avez pris un coup de vieux, ce qui ne change pas mes sentiments, et Nocquoÿ aussi a pris un coup de vieux. Je compte sur Jules Bouc pour lui redonner sa jeunesse. Parce que, madame Sterb, suivez-moi bien, les quartiers neufs que l'on ajoute à notre vieille ville, ce sont ses seules vraies rides. Regardez comme ça vieillit mal, parce que sans esprit. Mais, quand Jules Bouc a débarqué, les casernes plates et grises qu'ils bariolent comme des putains et qui ont l'air d'avoir trop servi avant de commencer n'existaient pas ! Nous n'avions alors qu'une petite usine, mais unique et la première de la nation, que l'on cachait sous des arbres.

— L'usine de préservatifs ? dit Mme Sterb.

— Parfaitement. Elle ne cherchait pas à s'agrandir. Elle laissait cela à ses produits dont la renommée n'avait pour trompette que le bouche à oreille, un cornet de sourds bien entendants, et elle faisait travailler en plus, à domicile, les veilles dames de la ville qui les roulaient et les mettaient en boîte. Jules Bouc en visite chez l'une ou l'autre pour des conversations à bâtons rompus commit là les seuls forfaits de sa longue existence en leur volant dans l'un des gestes triomphaux dont il accompagnait le récit de ses aventures l'un de ces charmants capuchons. Voilà pourquoi il nous a choisis.

— C'est comme moi, dit Mme Sterb, quand je viens ici. Il s'est senti très bien tout à coup.

— En fait, il n'a pas choisi Nocquoÿ, reprit Charmin et sa pipe glouglouta. Il l'a reconnue. Nous sommes des pigeons voyageurs lâchés au hasard et qui cherchent à retrouver leur case dans le colombier. Un beau jour, on s'y pose et l'on n'en bouge plus. La mort, en chatte attentive, guette le dernier vol.

— Oh, ne m'attristez pas, Charmin. J'ai été heureuse une fois encore de vous surprendre avant votre sieste.

Elle lit donc dans mon âme ? C'est vrai que je m'endors depuis un moment, que rien n'égale ces minutes d'avant le sommeil. J'ai quand même lutté contre et paru m'enthousiasmer par politesse ! Pure politesse, parce qu'elle commence à me peser, la mère Sterb. Est-ce que je me lève pour l'accompagner à la porte ou resté-je pour lui montrer qu'elle est vraiment mon amie, que je ne fais plus de façons avec elle ?

— Ne bougez pas, dit-elle. Merci. « La Chatte et l'Oiseau » sont de plus en plus clairs dans mon esprit. Je vous envie d'être à tu et à toi avec notre grand homme. A demain ? Avant l'ouverture, avant la foule, enfin avant les quatre pelés...

— Votre heure sera la mienne, dit Charmin sans bouger.

Quand elle eut refermé la porte avec la discrétion d'une femme adultère, le bibliothécaire vida le zouave de ses cendres et tira le tiroir du bas de son bureau. De derrière les taille-crayons, les gommes, cachets, flacons d'encre, pains à cacheter, soucoupes d'agrafes, tampons et composteurs, il déniche son matériel préféré, un tube qui ressemble à une bombe à raser, le dieu des graffiti, la verge folle aux coulées vertes. Il le met sous le bouquet de fleurs et le contemple — Free like bird —, et comme il entendait du bruit, il le reglissa dans sa cache.

— Monsieur le maire vous reçoit à l'instant, dit la secrétaire en battant des cils, il paraphe le courrier. Prenez un siège.

Me Emilion Silentaire n'était pas encore assis qu'il se redressa et saisit les deux mains que Valentin Thouin lui tendait, jovial, dans la porte qu'il retenait d'un pied.

— Oui, des sirènes. Elles sortent de la mer, font signe aux nymphes et désignent le bois sacré. Nocquoÿ est fière de ces fresques et j'y vois pour ma part une prémonition.

Me Silentaire plissa les yeux et pivota doucement sur place, sous la main ferme de Valentin Thouin.

— Les nymphes s'appellent à leur tour et s'apprêtent à danser, heureuses de l'événement qu'elles ignorent mais que nous, nous savons aujourd'hui, la naissance de notre poète. Approchez, voyez-vous cette lueur sous les arbres ? Elle dessine comme un profil. Notre bibliothécaire me le faisait remarquer, c'est l'image même de Jules Bouc.

— Nous vivons, dit le notaire, au milieu de merveilles que nous ne voyons pas, que nous ne savons pas déchiffrer et qui sortent un beau jour, par enchantement. Mes archives me jouent aussi parfois de bien jolis tours.

— Avez-vous fait bon voyage ?

Ils s'installèrent côte à côte au bout de la table du conseil. La République les regardait avidement, fière de ses mamelles, là-bas, au-dessus de l'estrade.

— Après tant de banlieues, tant de fournaises et d'agitation les douces collines de Nocquoÿ, dit Me Silentaire, oui, c'est un bien beau voyage et j'avoue que je me sens comme chez moi.

— Mais vous l'êtes.

— Non, non, ce n'est pas une question de politesse.

— D'amitié, maître !

— Ni d'amitié, bien que je sois sensible à votre appel et à votre accueil, mais de nature. Un déplacement naturel, voyez-vous ? J'habite depuis quatre générations dans l'enfer parisien, mais au cœur de cet enfer, nous avons le havre de l'étude, sa coite et vieille sagesse. Eh bien, je la retrouve ici en plein ciel, comme un bagage de cuir à bonnes ferrures qui bâille à l'aise. Nocquoÿ a le même air que mon étude.

Le claquement de son dentier coupa net un rire naissant. Il allongea ses longs bras sur le tapis vert et noua ses mains, laissant paraître sur le tas d'os une bague à chaton noir dont Valentin Thouin ne pouvait déchiffrer l'intaille à cette distance. Un blason ? Des initiales ? Je ne peux pas me pencher plus. En tout cas, un bijou de collection.

— Qu'il n'est pas étonnant que notre homme se soit arrêté ici pour sa dernière halte. Clac. Ce cher Jules n'était pas dépaysé. Il venait de déplier les murs entre lesquels au côté de mon père il avait passé tant d'années. C'est même assez curieux la façon dont vos bois sont posés.

— Quels bois ? demanda Thouin surpris.

— Les bois qui entourent votre ville. Par paquets réguliers. Clac. On dirait nos dossiers d'archives, jusqu'à la couleur. Côte à côte, avec des creux, bien sûr, comme si l'on en avait emporté pour les consulter et le ciel très sage, légèrement passé, d'un bleu-vert-beige exactement à la teinte de notre étude, mon quadrisaïeul l'avait choisie pour son côté reposant. Vous regardez ma bague ? Nous nous la transmettons comme un anneau épiscopal, à chaque succession.

— Oh, fit Valentin Thouin, une guillotine ?

— Un comité l'avait offerte à Joseph Guillotin qui ne pouvait la voir et criait partout que l'on éclaboussait son nom de sang. Il s'en débarrassa en la donnant à mon ancêtre Germinal Silentaire, son ami. Ils s'écrivaient des lettres dont la tendresse nous étonne encore, ferme et fleurie. Elles sont dans le fonds A volume 112, septième rayon en haut à gauche dans le couloir des successions. J'espère que vous me ferez le plaisir et l'honneur de venir les voir.

Thouin regardait les bois tragiques en creux dans l'alabandine.

— Avec joie, dit le maire.

— Clac ! C'est même une nécessité, fit Me Silentaire, pour pénétrer plus avant dans la connaissance de Jules.

Il l'appelle Jules, comme ma grand-mère son cocher ! Le génie de Bouc ne lui apparaît peut-être pas ? Qu'il arrête ce dentier !

— A vrai dire, reprit le notaire, j'ai toujours soupçonné notre cher Bouc d'avoir un secret. Après coup l'on peut toujours prétendre que l'on a, clac, pardon, tout vu, tout compris, c'est facile, ce n'est pas mon cas. De même qu'il arrivait à mon père, je fus souvent intrigué. Son refus de monter dans la hiérarchie ! Il ne voulut jamais devenir premier clerc. Ses longues stations d'une fenêtre à l'autre, à tous les étages de l'étude ! Nous sommes sur trois étages. Le dernier domine des toits et des toits, du zinc, des cheminées, des tuyaux, des pentes monotones à l'infini. L'on se demande ce qu'il y a de curieux, comment on peut rester planté devant. Un artiste ! Dans ce cas, rien n'est à comprendre. Race étrange qui reste en enfance dans un corps qui joue à ressembler au nôtre ! Clac.

— Jules Bouc vous a donné quand même satisfaction sur le plan du travail ?

Silentaire gardait sa bouche fermée. Thouin lui laissa le temps de la rouvrir. Il ne faut pas le presser. C'est un vieil homme. Charmin va mettre en forme les souvenirs. La foule est au pied du monument voilé. Elle attend mon discours qu'ondes et journalistes vont porter jusqu'au fond des chaumières.

— Sur tous les plans, cher ami, Jules était discret, ponctuel et sans relâche. Il vivait dans une mansarde que nous lui louions pour une bouchée de pain, au-dessus du premier fonds où sommeillent nos plus anciennes minutes. Et son silence était d'autant plus remarquable au long des journées que nous l'entendions parfois la nuit, trois étages en dessous, dans l'appartement de famille, pousser une chanson de marche, un refrain dont nous ne saisissions pas les paroles mais les fortes envolées.

— Il vivait seul ? Il ne recevait pas d'amis ? Aucune femme ne le rejoignait ?

— A ma connaissance, non. Il y a des êtres comme cela qui se suffisent à eux-mêmes. Et d'ailleurs jamais un reproche, jamais l'aveu d'une difficile solitude. Aucune des cinq secrétaires de l'étude, aux cinq âges de la femme d'ailleurs, ne se plaignit une fois d'un manquement de Jules à son endroit. Ni même à son envers. Aucun rapport, aucune récrimination, aucune plainte. Il ne faisait que louer ces dames et leur venait en aide quand elles manquaient à leur tâche par méconnaissance ou étourderie. Il possédait le code à toutes les pages. Pour tout dire nous nous demandions, mon épouse et moi, elle m'a quittée nous n'avons pas eu d'enfants et l'étude, hélas, à ma mort, accolera mon nom à je ne sais quel repreneur, clac, nous nous demandions si Jules Bouc n'avait pas, comment dire ? j'ai longuement songé à la chose, croyez-vous que même un Napoléon, si extraverti, ne se soit jamais touché ? Nous-mêmes...

— Que cela reste entre nous ! dit Valentin Thouin.

— Toujours la main à la plume, premier arrivé, dernier parti, je le revois avec émotion, le nez sur son buvard, un nez qui sentait la moindre erreur, en qui nous avions tous confiance, que tout changement alertait, nouveau parfum d'une collègue, glissement de baromètre, dégât d'insectes dans une boîte d'archives, saute d'humeur chez mon père ou moi-même, bien que je sois maître de mon âme, au demeurant sans fracas.

Valentin Thouin pensait qu'il ne pourrait pas tenir jusqu'au bout, mais enfin ce n'est pas plus drôle d'entendre les jérémiades des administrés.

— Cela ne vous étonne pas ? demanda Me Silentaire.

— Si, naturellement, dit Thouin sans hésiter.

— Comment l'expliquez-vous ?

— Comme vous, sans doute.

— J'ai mon idée.

— Voyons si la mienne la contredit, ce qu'a priori je ne pense pas.

— Si, clac, excusez-moi, mais vous verrez quand l'âge arrive, le grand âge qui desserre tout et vous laisse aller sans savoir où, hélas ! On se sent peu à peu se réduire dans l'enveloppe, ça brinquebale, ça grelotte, on perd tout, muscles et mémoire, même le ciel qui bizarement a l'air de s'éloigner avec ses dieux, ses gloires et ses foudres alors que nous aurions pu penser que l'on ne pouvait plus penser qu'à eux, qu'à Lui, en nous en approchant ! C'est un peu, monsieur, comme l'amour qu'éloigné nous désirons, et nous n'y pensons plus quand il est dans nos mains. Je disais que si Jules Bouc avait écrit des poèmes à l'étude, c'est bien le diable qu'il n'en ait pas quelquefois égaré dans les dossiers, que jamais je ne sois tombé, en les contrôlant, sur un brouillon, un hémistiche.

— Jamais sur la moindre rime ? Voudriez-vous dire que Jules n'écrivait pas de vers, qu'il s'est contenté pendant un demi-siècle de ruminer les quelques sonnets que la retraite lui a arrachés ? Nous jetons là un doute...

— Nous ne jetons rien ! Nous supposons simplement qu'il écrivait ailleurs sur un autre registre, qu'il se dédoublait. Le clerc noircissait des dossiers qui allaient de main en main dans l'étude jusqu'à notre signature. Le poète dans les interstices du même temps sortait en écriture sympathique les murmures enchanteurs de son démon. Nous, nous n'osons pas transcrire ces souffles qui nous enivrent. Jules a osé, mais en cachette, après le travail. Une divine, une infernale récréation, et la plaquette tirée par ses soins s'est retrouvée naturellement dans l'enfer de la Nationale où pullulent voleurs et névrosés. Un beau jour le chef-d'œuvre a disparu comme il est venu ! Sous quel manteau ? Je salue au passage l'aimable M. Charmin qui m'a fait part de ce rapt et tente de reconstituer l'original à partir d'un exemplaire sinistré. Mon père me disait de ne jamais confondre l'œuvre et son auteur. Mon avis diverge. Je les trouve inséparables. La plaquette de Jules nous joue les mêmes tours que lui. Pourrait-elle avoir d'autre odeur que la sienne ? Il sentait l'effacé, comme un souvenir d'herbe. Ah ! je l'ai là encore, en ce moment, dans le nez !

Il respira en fermant les yeux et poursuivit :

— Un génie, j'aurai côtoyé un génie ! Il m'a donc paru de mon devoir de répondre à votre appel et d'apporter ma touche au portrait de cet homme peu ordinaire. Comme nous le sommes tous, clac, génie à part. Si la morale ne s'en allait pas, elle aussi, par tous les bouts, chacun tenterait d'honorer son voisin. Nous vivrions près de nos doubles dans le musée du bonheur.

— Il était grand ?

— Jules ? Il n'en finissait pas. Des jambes de fabuliste !

— Maigre ?

— Un fil.

— Sans cheveux ?

— Personne n'aurait eu l'idée d'en mettre !

— Sa voix !

— Sépulcrale.

— Il est évidemment difficile de sculpter une voix, mais j'en ferai part à Dièze.

— Ce sculpteur sans rival que nous vous envions saura la rendre ! J'ai souvenir d'un congrès dans les pays Baltes — on traitait de notre grande Révolution et j'apportais les souvenirs de mon lointain aïeul — où j'ai admiré le Porte-glaive du grand Dièze sur une place de Courlande. Un cheval, avec une épée en guise de cavalier, gigantesque, si drue, si forte que l'on entendait un bruit de charge, la rumeur d'une armée. Je salue au passage l'admirable Dièze. Voudriez-vous bien lui en faire part ? Je reprends mon train dans la soirée. Je n'ai guère l'habitude des mondanités et je ne voudrais pas déranger un génie.

— Vous ne me dérangez pas, dit Valentin Thouin.

— Savez-vous que j'ai eu un choc, en vous apercevant ? reprit Me Silentaire. J'ai vu le grand Dièze à la télévision. Vous lui ressemblez étonnamment. Il y a une différence, oui, mais laquelle ?

— Il a des cils de femme et des sourcils préhistoriques, dit gravement Valentin.

— Vous croyez ?

Le notaire se recula pour mieux voir.

A son col, le nœud papillon noir que le temps avait mordoré attira l'œil de Valentin, et quelque chose lui souffla que c'était important.

— Ah, s'écria Me Silentaire en redressant le papillon. L'ai-je mal noué ? Vous le trouvez triste ?

— Ça vous va très bien.

— Continuez !

— Tombant, mais avec de l'allure.

— Et encore ?

— Un peu fatigué, plutôt rêveur et las.

— Comme une détresse de vieux chien, n'est-ce pas ? La paupière remonte quelquefois et retombe aussitôt ? Il a fait le tour des choses ?

— Oui, dit Valentin Thouin mal à l'aise.

— Tout le portrait de Jules Bouc, laissa tomber Me Silentaire. C'est lui qui me l'a offert un nouvel an d'il y a je ne sais combien de lustres. Les employés nous faisaient des cadeaux, en ce temps-là. Oh, il ne l'a pas acheté n'importe où, mais place Vendôme. Jamais je ne suis entré dans ces maisons de luxe en habit noir et d'or, mais lui n'hésitait pas. Il devait se sentir chez lui.

La pendule ne sonne pas ? se demandait Valentin Thouin. Il sortit son oignon et se leva.

— Il faudrait tout faire par soi-même ! dit-il. Même remonter les pendules.

— Qu'est-ce qu'elle a ?

— Elle est arrêtée.

— Oh ! grommela Me Silentaire, le temps, mon cher ! Il faut en prendre et en laisser.

Il se leva difficilement. Le soir arrivait dans les arbres. Une belle journée, une bien belle journée. On a parlé d'autrefois.

L'église Saint-Martin sous son manteau de lierre dormait dans le quartier arabe, à peine plus grosse que les maisons, mais à l'aise sur un beau gravier. On la voyait respirer au moindre vent, des frissons dans son pelage sombre, quand les vieilles bâtisses restaient oppressées, des larmes sur leurs faces crayeuses. Depuis la guerre délaissées pour des modernes, les travailleurs émigrés les avaient occupées, mais Hérissart et les agents immobiliers songeaient à les vider, à les rénover, on parlait de musée vivant, de zone piétonnière, de sauvegarde, de cancer guéri, d'éden pour le touriste. Déjà l'on avait pu racheter quelques immeubles dont les fenêtres étaient barrées par des croix de bois. Seuls quelques travailleurs d'art n'avaient jamais bougé, relieur, luthier que fréquentait Mme Sterb, et le verrier Sugères qui dessinait des vitraux pour les salles de bains de la haute ville, les chapelles des communautés, les escaliers bourgeois. Presque septuagénaire il vivait seul avec Aurélien, son fils de sept ans, dans le souvenir de la femme en allée d'un chaud et froid au fil de ces mauvaises rues. Ce que les médecins avaient pu dire avec leurs façons de compliquer tout ressemblait à ces murmures de voisines en noir dans la chambre où la défunte se défait à la lumière des cierges, mais Hélène restait là, dans les mains de Sugères, dans chaque morceau de verre, rose, bleu, jaune soleil, d'un vitrail. Elle était la plante d'un long vert qu'il mettait dans chacune de ses œuvres. Et il y avait les yeux d'Aurélien.

— Je ne sais pas quoi mettre.

— Mais, Aurélien, tu mets ce qui te vient. La maîtresse t'a demandé quoi ?

— Elle a dit : « Nous allons fêter notre grand poète Jules Bouc qui repose dans la terre de Nocquoÿ. »

— Non loin de maman, dit Sugères, tu vois son nom quand nous allons la fleurir.

— La maîtresse a demandé d'écrire un compliment. On le lira à la fête. On en fait dans toutes les écoles. Je ne l'ai jamais vu, je n'ai rien à dire.

— Tu es assez grand maintenant, Aurélien. Tu sais ce que c'est qu'un poète. Ils ont tous ton âge. Ils ont sept ans. Parle de toi, parle de ce que tu vois. Fais-toi un compliment.

— Je ne m'appelle pas Bouc.

— Tu t'appelles Aurélien Sugères, c'est aussi bien.

— Tu sais ce qu'elle a fait, hier, la maîtresse, à Cassius ? Mon copain, il parle toujours. Elle lui a mis du sparadrap sur la bouche et elle lui a lié les mains dans le dos avec la ceinture de sa blouse.

— Vous êtes énervants aussi, parfois, vous poussez le monde à bout !

— Cassius a pleuré tout le matin, jusqu'à la cantine.

— Va faire ta page. Tu vois bien que je travaille.

Aurélien traversa l'atelier et prit l'escalier en colimaçon. Il s'arrêta à mi-course. Son père dont il voyait le dos courbé sur une plaque de verre recevait la lumière large de la rue et la faisait ricocher par éclats au plafond. Un chien vint se dresser à la devanture et griffer la porte vitrée. Aurélien grimpa, passa le plafond, se retrouva dans la salle à manger, piocha dans le sucrier et monta sur une chaise pour ouvrir la fenêtre, se pencher et lancer les morceaux, mais le chien tournait le coin, vers le café d'Ahmed, le père de Cassius. Aurélien jeta les morceaux dans la rue vide, au pied de la maison, et il les regardait encore lorsque son père arriva derrière lui.

— Tu vas tomber ! Et l'on respecte les nourritures. On ne les jette pas !

Sugères saisit son fils et le serra contre son cœur. Ils étaient maintenant de chaque côté de la table où restaient les assiettes du dernier repas.

— Je veux bien t'aider, Aurélien, mais commence. Suce ton crayon tant que tu veux, si ça t'aide.

Aurélien écrivit le mot merci sur le cahier qu'il tourna vers son père.

— C'est un excellent début. Mais de quoi ?

Il remit la page face à l'enfant.

— Merci d'être à côté de maman, dit Aurélien.

— Ecris-le. C'est bien.

Sugères eut l'impression de peser une tonne, tout à coup, lourd comme ces morts qui s'enfoncent dans les lits. Il se leva difficilement et alla regarder par la fenêtre. Les morceaux de sucre n'étaient plus là.

— Si on allait le voir ? dit Aurélien. Tu le connaissais ?

— Non. M. Hérissart m'en a parlé.

— Il vient toujours, celui-là.

— Pour acheter la maison. Faire du neuf et un grand socle avec la statue de Jules Bouc. Il l'envisage dans le quartier.

— Qu'est-ce que c'est l'envisage ?

— Mettre son visage au milieu. On le verra sur toutes les coutures.

— Je ne veux pas quitter la maison, dit Aurélien.

— Moi non plus.

Il ébouriffa d'une main forte le gamin, pour distraire sa peine.

— Qu'est-ce qu'on mange ? demanda Aurélien.

— Des boulettes chez Ahmed. Fatma n'a pas pu venir aujourd'hui. Elle est chez le médecin.

— Elle est trop grosse ! dit l'enfant.

— Pour être grosse, dit Sugères, elle est grosse. Elle passe difficilement dans l'escalier. Il faudra qu'on s'installe en bas, un de ces jours, que je descende le fourneau.

— Ou prendre une autre Fatma, dit Aurélien, une plus petite.

— On ne change pas les gens comme ça ! dit Sugères. Où vas-tu ?

— Voir Cassius. Yasmina, sa grande sœur, est partie. Sur ses hauts talons.

Déjà, il descendait tranquillement l'escalier à vis, caressant chaque barre du bout des doigts. Le père le suivit. Il irait jusqu'au bout du monde si l'enfant le désirait, mais ils entrèrent chez Ahmed où dans la fumée à cornes de la graisse se tordait un chant berbère. Aurélien rejoignit Cassius qui jouait d'un doigt à pique pique qui s'y colle dans son assiette de semoule.

— Crois-tu, dit Ahmed à Sugères d'une voix chantante qui finissait très haut les phrases, qu'on demande à Cassius mon fils, un compliment pour un poète qui s'appelle Bouc, mon frère ?

— Je suis au courant, dit Sugères. Laisse-le dire ce qu'il voudra.

— Dire, c'est joli, mais il faut faire un papier pour la tribune le jour de l'inauguration. Qu'est-ce que j'ai à faire d'une statue ? Qu'est-ce qu'il en a, Cassius ? Chez nous il y a plein de poètes, il n'y a pas de statues. Et les petits enfants qu'est-ce que tu veux qu'ils disent ?

— Enfin, Ahmed, tu comprends bien que la maîtresse compte sur nous, les pères !

— Mais qu'est-ce que j'en ai, moi, des poètes ? C'est une voix qui parle au frère et le frère à l'autre, c'est pas seulement un bonhomme.

— Il y en a un qui note, parfois, et qui met son nom. C'est le cas de Jules Bouc. Donne-moi une merguez.

— Regarde-les, dit Ahmed en désignant les enfants du bout de la longue fourchette où s'arquait la saucisse, les Jules Bouc !

La voix d'Ahmed à son feu de braise et ses bassines d'huile passait au suraigu dans le tumulte que secoua de plus belle l'arrivée d'une troupe de Noirs, mélange d'employés de voirie et de vendeurs de chapeaux à médailles, en cuir de buffle. En un instant il ne fut plus question que de Bouc, dont le nom réjouissait jusqu'aux âmes naïves, et Mamadou Biaf improvisa une danse dans l'entrée aux battements des fourchettes sur les tables. Mamadou accompagnait chacun de ses coups de reins d'un bruit de ses lèvres énormes, sorte de toux propulsant l'unique syllabe : Bouc, Bouc, Bouc. Au départ facétieuse, la danse était devenue grave et Mamadou pour s'arrêter vint poser sa tête sur le bar et la fit glisser sur la piste en zinc. On applaudit. Sugères cherchait des yeux les enfants. Cassius et Aurélien avaient dû se glisser à quatre pattes et sortir. Le verrier passa le nez à la porte. En effet ils étaient assis de l'autre côté du carrefour, au bord du trottoir et ils regardaient, sérieux et genoux serrés, l'eau contourner leurs chaussures dans le caniveau. Il alla les chercher, sans impatience ni reproches, et les ramena à l'atelier par la main. Sugères défit sa blouse blanche.

— Je vais à l'école, dit Cassius, je ne reste pas là.

— Moi non plus, dit Sugères en enfilant une veste. En route !

Avec une queue de cheval qui lui bombait le front comme une croupe et ses ongles rouges Mlle Limousin, la maîtresse, en bottes fauves, lisait le journal adossée à l'un des tilleuls de la cour de récréation. Le papier tremblait dans le bruit terrible. Sugères hésita car il la trouvait la plus belle femme de la ville.

— Faire ça à des petits, lui dit-il. Moi-même je ne sais pas quoi dire. Vous avez de ces idées !

— Elles m'arrivent de l'inspecteur d'Académie via le maire. Je n'ai pas à juger, j'applique, mais je suis de votre avis, c'est valable pour les hautes classes. Non, nous n'en sommes qu'aux premières chansons : mon ami Pierrot, pas la Fête à Jules ! Au lieu de penser à des statues ils feraient mieux de nous installer de nouvelles douches. Un, ça laverait les mioches, deux ça les calmerait. Vous croyez que c'est un métier ?

L'histoire du sparadrap revint à la mémoire de Sugères. Comment se fait-il que la beauté s'allie à tant de dureté ? Qu'elle fasse autre chose ! Il n'y a donc aucun homme pour l'enlever ? Leur fait-elle peur ? Ne serait-elle pas plus heureuse dans mon atelier, par exemple ? Comment le lui dire ?

— Ce n'est pas demain la veille, reprit l'institutrice, que je voterai pour la bande à Thouin ! Ecoutez-les ! Ça vaut son pesant de cacahuètes ! Je lis : « Mobilisons-nous ! Sortons de l'ombre cet homme trop discret. Donnons-lui un socle, réalisons ce geste qu'il n'osait pas : bénir notre ville. Notre célèbre et dévoué compatriote le sculpteur Dièze va le traduire pour l'éternité ! Le tronc des offrandes est à la mairie. » Un tronc comme à l'église ! dit l'institutrice, mais s'ils pouvaient béatifier ce croquant dont on est incapable de nous citer un vers, ils n'hésiteraient pas !

Ces paroles faisaient mal à Sugères qui honorait les saints dans son cœur et remettait parfois la fleur manquante aux vitraux de leur chapelle, comme c'était arrivé l'année des fièvres estudiantines lors d'un jet de pierres et de pavés à l'église Saint-Martin.

— On ne peut pas reprocher à un saint d'être discret, dit Sugères, mais je ne veux pas faire déraper le débat. Croyez que je ne suis pas venu pour une polémique, mais pour demander un conseil, un peu comme l'a fait Aurélien ce midi. Peut-il vous remettre un dessin au lieu d'une phrase qu'il ne sait pas encore construire ? Rien n'égale certains dessins d'enfants. J'ai au-dessus de mon lit, tirée à quatre épingles, une feuille d'Aurélien aussi lumineuse que l'arbre de Jessé qui est une folie de bleu dans du bleu.

— A Saint-Martin ?

— Dans notre abside, oui.

Aucun doute, elle n'y est jamais entrée. Je l'emmène un soir, à l'heure où le soleil se couche dans l'axe de l'arbre. Elle en devient bleue. C'est la seule déclaration que je puisse lui faire et nous allons jusqu'à l'atelier. Oui, je vis seul. J'aurais dû enlever la photographie d'Hélène. Oui, c'est ma femme. La chambre a l'air d'attendre, en effet.

— Vous me donnez une bonne idée, dit-elle, je vais les faire dessiner ce qui leur passera par la tête.

Les cris des enfants dans la cour de l'école étaient si violents et d'un tel aigre qu'ils en figuraient un monstre presque visible, un oursin géant qui perdait l'équilibre et le rattrapait en projetant de nouvelles lances, longues jusqu'à l'effilement. De petits écoliers arrivaient encore, menés par leurs pères qui venaient, l'œil allumé, jusqu'à Mlle Limousin comme s'ils la remerciaient de leur avoir fait d'aussi beaux enfants. Elle donna un coup de sifflet pour la mise en rangs, et les messieurs lui firent un signe de la main en s'éloignant, sans souci l'un de l'autre, comme si chacun se fût trouvé seul devant cette créature en pantalon noir fourré dans des bottes fauves, à l'œil ombrageux, maîtresse tout à coup du silence.

— Alors Sugères, dit l'assureur Plafond, ça me fait plaisir de faire un petit bout de chemin avec vous. Belle femme, non ?

Ils allaient sous les arbres, au milieu d'un peuple de pigeons en promenade au sol, pareils à des paysans un jour de foire, hors de leur domaine et se donnant de l'importance. Sugères n'écoutait pas l'assureur et regardait à terre ces mouvements gris et rapides, et le sable du cours devenait un ciel.

— Sans compter que ce sera un coup de fouet pour le commerce, au moins quelques jours. Nocquoÿ sera le point de mire dans les bulletins d'information. Nous avons un maire comme il en faudrait partout, et au dernier bridge chez Luge il s'est dit une parole remarquable, d'Omer Desainte. Vous dites : Rouen, vous entendez Jeanne d'Arc. Vous dites : Commercy, vous entendez madeleines. Epinal, images. Corse, Napoléon. Lisieux, Thérèse. Dans peu de temps désormais Nocquoÿ ? Nocquoÿ ?

— Jules Bouc, murmura Sugères qui émergeait de son escalier en colimaçon suivi des bottes fauves.

— Je ne vous le fais pas dire. Je comptais bien vous rencontrer en conduisant mon fils à l'école. C'est au sujet du début d'incendie, chez la mère de l'ami Hérissart. Hier, sa cage d'escalier a souffert, et le vitrail. Rassurez-vous, il n'a rien. Vos fleurs sont passées à travers, une jolie chose, ma foi, vous avez un talent ! mais c'est l'encadrement. Il faudrait déposer, reposer. La vieille va passer vous voir. Elle est gourmande. Hérissart a de qui tenir. Tâchez de me chiffrer ça au plus juste.

— Ce sont des arums, dit Sugères. Une de mes formes préférées. Les rares qui sentent dans un vitrail. Les roses, les violettes ne sentent pas. Le lilas, oui, surtout le blanc. Il y en a dans la salle de bains du docteur Sterb, au-dessus de la baignoire, dans la verrière qui donne sur le puits de lumière. C'est le premier vitrail que j'ai posé quand je me suis installé ici, et tout le monde en a voulu. J'ai mis des lilas, mais violets, ils voulaient violets chez Benoît-Pot. J'ai fait plus de salles de bains que d'escaliers, mais ça se calme.

— Les temps deviennent difficiles.

— C'est le propre des temps, dit Sugères. En fait, les notables en ont tous. Je travaille maintenant pour les communautés.

— Toujours des fleurs ?

— Il n'y en a jamais de trop, à mon avis.

— J'ai bien pensé à vous passer aussi une commande, dit Plafond, mais ma femme n'arrive pas à se décider. Une question indiscrète : êtes-vous assuré ? l'atelier, la maison, le petit ?

— Plus depuis la mort de ma femme, dit Sugères. Je n'ai rien renouvelé.

Il laissa Plafond devant son officine. Ce mot Plafond en grand sur la façade, en moyen sur les deux vitrines, en petit mais en relief sur la porte, comme si l'assureur voulait s'assurer de son nom ! Sugères fit demi-tour vers son quartier. Au fur et à mesure qu'il avançait il respirait mieux. Il allait rouler une cigarette quand il se trouva devant Saint-Martin dont la porte ronde était ouverte pour laisser entrer le premier air doux de l'année. Il rangea sa blague et entra. Une hirondelle traversa la nef et Sugères tournant autour des piliers finit par découvrir un nid qui se confondait au château fort sculpté dans un chapiteau, ajoutant une échauguette aux murailles. Le petit œil noir apparut au haut de la Jérusalem céleste et Sugères lui sourit. La lumière ronde du portail entrait sous les voûtes en plein cintre. Ce n'était pas la bonne heure pour l'arbre de Jessé, mais Sugères alla s'agenouiller dans l'abside. L'arbre avait une douceur de velours.

Seule prière, il regarda ses mains et les ouvrit. Il n'avait rien d'autre à offrir.

Tous les premiers vendredis du mois Germaine Estrellas, des Laboratoires Estrellas, recevait en soirée dans sa maison de la place du Sablier qui devait son nom au diabolo de pierre posé sur une colonne au centre des pavés concentriques. Elle laissait allumés les trois étages de la demeure pour que l'on sût l'importance de la réunion, et les passants en concevaient un certain respect si quelques individus à tête forte ne songeaient qu'à pisser ces soirs-là le long de la façade et contre la porte. Jeanne Luge parmi les invités se demandait pourquoi Dièze était en retard. Vingt-deux coups sonnaient au cartel du salon, un globe terrestre tournant dans des ceintures de chiffres et d'étoiles. La maîtresse de maison avait parlé des guerres, ici et là, il y en aura et toujours comme des colères dans les ménages. Elle avait fait le procès des ministres de l'opposition, commenté les épidémies et décortiqué les motifs de divers crimes. L'ordre du jour allait passer aux Beaux-Arts et Dièze se faisait attendre. Il ne restait plus de petits fours sur le buffet à étages, sinon quelques barquettes qui dataient et ajoutaient à la qualité du naufrage, renversées sur la nappe dont la cascade dominée par une plante verte tombait dans un angle du salon. On allait donc parler, pour la transition, des dernières sautes du baromètre. On, pourquoi on ? Personne ne peut en placer une ! C'est un monologue. Il n'y a qu'elle et bien définie, avec sa voix de contrebasse et sa petite tête préhistorique. Jeanne restait fascinée par Germaine Estrellas dont les rides, bien qu'elle fût au milieu de la vie, dans un corps alerte et vigoureux, remontaient au quaternaire.

— Mon secret ? Une heure de danse chaque matin, dit Mme Estrellas. L'important est de changer de musique. Lundi, Ravel. Mardi, rock, tam-tam et je reviens à Boieldieu. Et je ne veux pas savoir que je mourrai demain. Savez-vous même si je vais finir cette phrase, si vous allez l'entendre jusqu'au bout, avec ces bombes qui passent en ce moment au-dessus de nos têtes et qu'une fantaisie peut lâcher ?

— Vous nous dites ça tous les mois, dit Jeanne. Il n'y a que vous pour en parler ! Vous êtes incorrigible.

L'étonnement de Mme Estrellas fut si grand qu'elle parut se déplier et remonter sa tête étroite et rocailleuse au bout d'un cou qui n'en finissait plus. Madame Luge était-elle atteinte d'un mal caché pour se permettre des remarques extravagantes et risquer de se perdre ? L'assemblée n'était pas moins étonnée de trouver tout à coup la maîtresse de maison sans voix. Il fallait faire quelque chose. On remplit de nouveau son verre et l'on porta un toast général à la paix, au bon vouloir divin, à la fatalité, à une suite heureuse de verres pareils à celui-ci, et que notre bonheur dure ! On se sent mieux. A peine entend-on dans le brouhaha de la détente la voix de Dièze qui vient d'entrer en poussant sur le côté de ses larges mains les fesses de la domestique rougissante.

— Enfin ! dit en tombant d'une octave la voix déjà basse de Mme Estrellas. Madame Luge se faisait du mauvais sang. Vous commenciez à lui manquer !

Comme ça, c'est déclaré, c'est officiel. Ah, tu voulais que cela restât sous le manteau ! Il y en avait ici qui l'ignoraient encore.

— Elle est aussi incorrigible ! ajouta-t-elle. Vous m'embrassez, Dièze, comme du bon pain. Courez, courez vite à votre brioche !

L'esprit de Germaine Estrellas était revenu et avec lui la bonne humeur générale. Dièze prit les mains de Jeanne et les baisa avec emphase, comme s'il jouait une scène pour le plaisir de la patronne. Jeanne lui en sut gré et pour couper court à tout sérieux, mais n'était-il pas trop tard, ne s'était-elle pas assez cachée ? son Dièze avait-il parlé d'elle ? s'était-il vanté ? Luge, lui-même, était-il au courant sous son air endormi ? elle se pencha, enfouit son nez dans la chevelure de l'amant qui tombait à genoux et le retira vivement dans un éclat de rire. Charmin près du buffet dévasté achevait d'engloutir les barquettes. Il croqua la dernière. Au fait ? Luge et Dièze ? C'est du lard ou du cochon ? Mme Sterb, qui rapporte les potins, n'aurait pas signalé cette nouvelle aventure ? Ayons l'air au parfum.

— Un artiste ne produit jamais mieux que lorsqu'il est amoureux ! lança-t-il. Je vois un essor rapide pour Jules Bouc !

— C'est de cela que je voulais vous entretenir, dit Mme Estrellas, et chacun sut de plus belle qu'il était là pour l'écouter. Ma petite Luge, allez donc voir à la cuisine s'il ne reste pas une aile de poulet pour votre Michel-Ange ! J'ai très bien connu Jules Bouc.

Une mare de silence étonné s'étala et ce fut comme si chacun la traversait sur la pointe des pieds. Jeanne revenait avec une cuisse, le reste de volaille que l'on avait gardé pour Raymond Estrellas, le patron jamais de retour de ses laboratoires avant minuit. Dièze flaira la cuisse avant de la mordre, à la turque, sur le tapis.

— Ma grand-tante Albaret qui avait épousé un Blackenberg en eut deux fils, Léopold et Charles. Ce dernier n'avait qu'une passion, l'Egypte, et collectionnait les scarabées. C'était un être rare. Lors d'une croisière en mer Rouge il s'amouracha d'une descendante des Nissim d'Alexandrie, la branche hérétique et copte, tant et si bien que le mariage allait se contracter à la sauvette, sans contrat, lorsque par le plus grand des hasards, mais elle ne cessait de parcourir le monde, ma grand-tante Albaret tomba sur eux à Aden. C'est d'Aden, je ne sais pas si l'un d'entre vous connaît le climat d'Aden ! qu'elle télégraphia à Me Silentaire, son notaire, lequel, tenez-vous bien, se trouvait ce jour-là en Hollande pour des raisons de famille. L'un de ses oncles, grand buveur devant l'Eternel, venait de se briser le fémur dans une course sur un canal gelé et il était à l'article de la mort. Il faut tout reporter dans le temps, toujours, si l'on veut bien comprendre l'histoire. La sans-fil et la chirurgie n'étaient pas les mêmes qu'aujourd'hui. Ma grand-tante Albaret qui a toujours su ce qu'elle voulait, nous avons cela dans le sang, se trouva en relation d'écoute avec un tout jeune homme nouvellement arrivé à l'étude qui tiendrait Me Silentaire au courant de leur conversation dès son retour. Comptez sur moi, madame. Je suis votre tout dévoué Jules Bouc. Et il ajouta — ce qui devait rester un étonnement pour ma tante jusqu'à son dernier jour et qui m'en parla encore lorsque je lui fermai les yeux, je venais de lui présenter mon fiancé Raymond Estrellas et elle me bénit, c'était une de ces femmes qui ne vivait que pour l'union légale et sainte des autres —, ce Jules Bouc ajouta : « Quel temps fait-il à Aden ? J'imagine que c'est rouge sous de grands ventilateurs. Cela explique votre angoisse, mais songez qu'ici nous regardons froidement les choses. Nous vous attendons avec M. Charles Blackenberg et Mlle Nissim sur laquelle Me Silentaire va diligenter son service de renseignements. »

Omer Desainte s'était assoupi au fond de l'auditoire. Hérissart se pencha vers Mlle Ponchard et murmura :

— C'est plus vivant qu'un roman policier, vous ne trouvez pas ?

— Parce qu'on y meurt moins, souffla l'assistante sociale.

— Vous dire si j'ai connu Jules Bouc ! reprit Mme Estrellas en décroisant et recroisant ses jambes de l'autre bord. L'une de mes cousines germaines du côté du cadet de mon père, au cours de l'une des dernières visites qu'elle me fit avant de gagner l'Argentine d'où vient la famille de mon mari, d'ailleurs, me dit (je l'entends comme si c'était hier) : « Germaine, en traversant le jardin public pour venir te voir, j'ai vu un vieil homme assis sur un banc, qui écrivait du bout de sa canne sur le sable de grandes lettres capitales. Je me suis approchée, j'ai ralenti pour surprendre ce que cet homme écrivait et je pensais, j'ai honte, à quelque insanité, ou, me reprenant, peut-être trace-t-il le mot Dieu, cela m'apparaît si court ? J'ai lu le mot Bouc, comme Bouc, comme le nom dont tante Albaret nous entretenait quelquefois. » Autrement dit, Dièze, le poète que vous allez faire revivre, hante Nocquoÿ depuis toujours. Est-ce que vous le sentez ?

— Il est en train de mûrir, dit le sculpteur, et je vais vous soumettre mon dernier cas de conscience, si vous n'avez plus rien à ajouter, chère Germaine.

— Mais je suis là pour écouter ! dit Mme Estrellas.

Valentin Thouin dont l'attention avait été captée dès le début de la soirée par Jeanne Luge, assise à l'opposé et dont il n'osait se rapprocher, toujours écœuré par la comédie qu'elle avait donnée à l'arrivée de Dièze, se leva et demanda la permission de se retirer.

— Vous resterez là ! dit Germaine. Le premier édile doit avoir le dernier mot.

Elle se pencha jusqu'à l'oreille de Mlle Ponchard tandis que l'on allait tirer un verre de vin au petit tonneau du dernier chic posé sur la console entre les fenêtres.

— Dièze a des sourcils, répondit l'assistante, l'autre pas.

— Mais dans l'ombre, s'ils cherchaient à nous embrasser, vous savez comme ça les prend, au tournant d'une rue ?

— L'odeur, murmura Mlle Ponchard. La nuit ne l'efface pas, au contraire !

— Vous vous exaltez !

— Je pense surtout que Dièze ou Thouin, s'ils s'avisaient de la moindre privauté, recevraient mon genou dans ce qu'ils ont de plus sacré. Même Raymond Estrellas !

— Je ne vois pas mon mari vous attaquer.

Mlle Ponchard se retint de dire qu'elle n'était pas seule sur la terre ni même de demander ce que Raymond Estrellas entendait au juste par ses laboratoires.

— Comment va-t-il ? Le verrons-nous ?

— Sûrement, dit Mme Estrellas, dès qu'il en aura fait le tour. C'est un minutieux.

— Je le pense, dit Mlle Ponchard.

— Qui ne cherche qu'à s'agrandir. Il va en créer aux colonies.

Au dernier mot l'assureur Plafond qui passait avec deux verres pleins dans une attitude de magicien s'arrêta finement.

— Nous parlons encore de colonies ?

— Pour simplifier, dit Mme Estrellas qui ressemblait de

nouveau à une créature d'un règne antérieur. Nous les appelons autrement, mais le cœur en bat toujours.

— Vous êtes incorrigible, minauda Plafond en reprenant sa marche fragile vers Mme Desainte épanouie d'être là, d'un rose de rhododendron, gloire de ses haras.

Charmin la regardait de temps à autre, ravi de voir une fois de plus son idée confortée et que l'on ressemble un jour ou l'autre au cadre de sa vie. Il regarda ses mains puis son visage dans le miroir où se reflétait la mappemonde pendule. N'ai-je pas la douceur simple, craquante et dorée d'un vieux livre, le maroquin qui a beaucoup servi avec ces quelques taches laissées par les doigts du temps ?

— Pour moi, coupa Dièze, Jules Bouc est omniprésent donc omnivoyant. Vous venez de nous en administrer quelques preuves de plus. Merci, Germaine. Comme j'ai dit merci à Madame Luge qui me fit toucher du doigt le nez de notre poète.

— Le nez fut déjà un cas de conscience, dit Charmin. Rappelez-vous celui de Cléopâtre.

Les sourires coururent en brise. Plafond entrebâilla la fenêtre derrière Mme Desainte qui avait une chaleur.

— Aussi ai-je pensé à lui donner un troisième œil.

— C'est affreux ! s'écria Mme Estrellas, et où le mettrez-vous ?

— Tout autour de la tête. J'avais songé à une couronne de lauriers, c'est devenu une couronne d'yeux.

L'idée ne semblait pas mauvaise. Seul Valentin Thouin regardait ses pieds.

— C'est génial ! lança Mme Estrellas et ce tonnerre se répercuta d'écho en écho jusqu'au murmure de Jeanne Luge, mais si faible et déformé que seul l'entendit Dièze chatouillé par le souffle qui mourait entre les lèvres désirables.

— Je t'aime.

— Et peut-être en céramique, reprit Dièze, comme on en voit aux faces extraites des Pyramides. Des prunelles bleues, vertes, noires, violettes, sur un large blanc en amande, qui garderont leur éclat quand le crâne en fer aura rouillé. Je résume : cheval de bronze, homme de fer, livre en marbre à la main, le chef coiffé d'émail.

— Ce cloisonnement d'yeux, dit Charmin, me fait tourner la tête !

— Mais celle de Jules Bouc immobile verra tout ! Nul passant ne peut lui échapper, d'où qu'il surgisse !

— Ce n'est que moi ! ne bougez pas ! dit Raymond Estrellas d'une voix fatiguée et que brise une petite toux, en entrant dans le salon.

Chacun regarda discrètement sa montre. Il était très tard.

— Tu finiras par t'épuiser ! dit Germaine. Ah, mon Dieu, n'ayez jamais de laboratoires !

— Qu'as-tu contre la recherche ? demanda Raymond.

Sa voix teintée de regret avait une émission douloureuse, comme en fin de semence.

Il était visible qu'il avait eu l'œil à l'oculaire pendant un bon moment. Des cernes lui donnaient la tristesse que l'on rencontre assez souvent chez les scientifiques. Personne ne savait au juste l'objet des études de Raymond Estrellas, bien que l'on connût les pastilles Estrellas vendues dans les gares et les pharmacies, pectorales et roboratives et qu'il eût le *Domino* pour salon d'affaires. Il toussa de nouveau et se dirigea vers la cuisine, comme un vieux beau saisi de nostalgie.

— Et où le mettra-t-on ? dit Mme Estrellas. Valentin, où dressera-t-on Bouc ?

— C'est le hic, dit le maire. Avez-vous une préférence ? Nous en avons parlé. Rien ne nous satisfait, ni la gare, ni l'esplanade, ni les jardins, ni les Haras, ni les rues, ni la Porte Triomphale, ni la place du Palais, bien qu'aux dernières nouvelles les Bâtiments Historiques ne soient pas contre ces deux derniers emplacements. Paris, ah ! ne m'en parlez pas ! Paris ne verrait pas d'un mauvais œil Jules Bouc sous l'Arc de Titus. Ils aiment assez les mélanges. La devise de la culture est la vie avant tout et la vie n'est que mélange.

— Il n'y a que la mort pour ranger ses affaires, remarqua Charmin. Je n'ai pas encore proposé le cimetière car j'ai pensé que l'ami Dièze pourrait y voir une pensée que je n'ai pas. Je ferai toutefois remarquer que le cimetière est ce qui dure le plus longtemps et que nous en avons deux, très bien situés. Celui du Nord près du golf, celui du Sud à deux pas de l'hippodrome. Des zones qui ne manquent pas de verdure. J'ai même pensé..., mais je préfère me taire.

— Voyons Charmin ! Quelle est cette coquetterie ? Parlez ! Faut-il le prier ?

Debout et croisant les jambes, le bibliothécaire qui s'étonnait d'avoir pu placer un mot jeta un œil sur les toiles abstraites qui ornaient le salon des Estrellas — devant lui un rectangle gris sortait douloureusement d'un fond gris —, s'accouda à la cheminée et de sa main libre découvrit une série de crayons et de porte-plume dans les hautes poches de son gilet. Il eut une flexion du genou porteur et expulsa comme douloureusement.

— L'œuf de Christophe Colomb, mes amis.

Raymond Estrellas réapparut, une assiette à la main. Il alla s'asseoir à l'ombre de Mme Desainte qui le trouvait élégant avec son monocle sur l'estomac et sa chevelure transparente aux tempes teintes. Il lui tendit une figue sèche et trois olives.

— C'est tout ce que j'ai trouvé, dit-il, voulez-vous partager ?

— Votre bonne ne vous a rien gardé ?

— Elle est montée se coucher. D'habitude je trouve une cuisse de poulet. De quoi parle-t-on ?

— De Christophe Colomb.

— Il paraît, dit le maître de maison, qu'il est un des derniers à avoir découvert l'Amérique.

— Tout le monde sait cela ! coupa Germaine Estrellas qui ne pouvait souffrir que son mari prît quelque dessus sur elle, et l'on avait appris par sa bouche même, un soir de confidences qui roulaient sur le déduit, que dans leurs temps héroïques elle seule dans le couple avait eu le droit de chevaucher.

— C'est au cours d'une insomnie, reprit Charmin, que j'ai vu tout naturellement le cheval sur la tombe de Bouc. Où serait-il mieux placé ?

L'assemblée allait applaudir quand Mme Estrellas sortit sa voix de dessous terre.

— Vous êtes étonnant, Charmin ! C'est moi qui vous ai dit cela l'autre jour en allant consulter à votre bibliothèque le douzième tome des *Souvenirs barbares* du jésuite Alvarez. Il y a là une description de danses indoues que je compte remettre à l'honneur. A vrai dire la danse dans l'histoire de l'homme est une sorte de fil ininterrompu que l'on n'a jamais cassé et qui porte, selon le temps, des perles d'orients divers.

Elle n'est jamais venue consulter un livre ! pensait Charmin. Il faut qu'à tout prix elle tienne le cornet et lance ses dés biseautés ; mais reste sage, fais comme les autres, reste fasciné par ce serpent et croque la pomme. Il est bientôt minuit. Ils ont tous l'air de s'endormir.

— Je vois que Valentin apprécie mon idée, continuait la redoutable Germaine et vous, Dièze, je ne vous apprends pas que la sculpture est avant tout funéraire puisqu'elle ne cherche que l'immortalité et qu'elle remplace notre pauvre petite âme fugace par une autre indestructible, de bronze ou de marbre. Oh, je sais, même la pierre finira en poudre, notre monde si joli... cette pensée même que je vous livre, je le répète, ira-t-elle jusqu'à son terme ?

— Vous comprenez, murmura Raymond Estrellas qui s'était assis aux pieds de Mlle Ponchard, pourquoi je rentre le plus tard possible à la maison ?

L'assistance regarda les cernes sous les yeux douloureux d'Estrellas. Ses prunelles avaient l'air de sortir de sous une robe parfumée, les lèvres froissées et mollement abandonnées. Il ressemblait à un jupon tombé sur un tapis, avec des pâleurs, l'abandon fleuri d'une dentelle. C'est bien le seul homme ici qui respire ce que laisse le mot amour dans certains livres. Pourquoi me regarde-t-il ainsi, comme un qui s'est perdu ? Il se lève et l'on dirait qu'il ramasse autour de lui des vêtements épars.

— Tu nous quittes ? lança la patronne.

Estrellas se retourna comme pris en faute et lança d'une main molle un baiser à l'assistance. On plaignit quelque peu son regard déshabillé.

— Pauvre chéri, il faut le comprendre, dit Germaine, il n'arrête pas. Fais-toi couler un bain chaud ! Ah, si je n'étais pas là que deviendrait-il ?! C'est un enfant génial et faible. Vous partez, vous aussi ?

On se tourna vers Dièze qui soudain fit craquer ses doigts enlacés au bout de ses bras puissants.

— Je ne mettrai pas mon cheval au cimetière, dit-il.

— Je m'y attendais ! laissa tomber Mme Estrellas avec une inconséquence qui écrasait tout, c'est normal, vous êtes fait pour le monde qui bouge et non celui qui dort. Mon cher actif ! « Dièze et la foule » me semble être un sous-titre de « La Chatte et l'Oiseau ». L'artiste est bien ce félin qui guette le passant, l'arrête de son coup de patte imprévisible, l'hypnotise, l'emporte jusqu'au plus profond de ses rêves, le relâche dans son labyrinthe secret et finit par le dévorer dans un plaisir partagé, car j'aime à souffrir devant un chef-d'œuvre et n'ai de cesse d'espérer m'y fondre.

Elle leva un œil vers le losange bleu qui flottait au mur sur un autre bleu et redressa le tableau qui n'était pas d'aplomb.

— La terre bouge et n'en fait qu'à sa tête. J'ai beaucoup de mal à m'y faire. Enfin ! ça va, ça vient. Comme toujours je regrette de vous voir partir, de ne plus vous écouter, vous tous ! Vous m'avez une fois encore ravie. Je ne sais plus lequel nous a lancé que le monument du poète serait à sa place dans l'un de nos deux jardins solennels. Vous allez me donner des cauchemars avec vos cimetières ! Et toi, mon magnifique, ne tarde pas, burine cette apothéose !

Elle enfouit ses lèvres dans la barbe du sculpteur et les retira vivement.

— Je propose avant de nous quitter un triple ban à la mémoire de Jules. J'ai beau ne croire à rien, il me semble que son ombre va nous entendre et nous bénir.

On applaudit, pressé de s'en aller, mais toujours étonné par la fougue de Germaine Estrellas et ravi d'avoir été l'un de ses élus. On était déjà sur le trottoir de la place du Sablier, mais encore incapable de se séparer. On se donnait la main, un baiser, un sourire, un au revoir ému. Même Valentin Thouin serra la main de Dièze comme un double satisfait. La nuit entre eux glissait un miroir sans tain. Dièze resta un moment sous le porche à regarder s'égailler la petite troupe et, par les rues étroites où les bruits qu'il lâchait, du haut et du bas, signe de sa libération, se plaisaient à leur écho, il gagna le derrière de la pharmacie Luge. Les fenêtres de Jeanne laissaient un fil clair entre les doubles rideaux. Dièze chercha autour de lui un caillou, un gravier, n'importe quoi qu'il pût lancer sur la cage de l'amour. Il ne trouvait rien, et tira finalement de sa poche de la menue monnaie. Il l'envoya, le cœur battant, l'entendit heurter les carreaux, retomber en sonnant sur les pavés. Avait-elle oublié d'éteindre la lumière en s'endormant ? Que faisait-elle ? Rien ne bougeait. Lisait-elle à son endormi dans la chambre voisine ? Ou lui faisait-elle... Oh non ! Elle ne m'a jamais menti. Est-elle allée voir si Luge, après un cri qui l'a réveillée, ne vient pas de passer l'arme à gauche ? Ou ce crétin va-t-il paraître et se pencher sur la rue ? Avec cette lune qui passe entre deux nuages ! Dièze quitta le milieu du pavé et s'adossa au mur d'en face. La lumière disparut à la fenêtre mais il lui sembla que le rideau bougeait. Oui, si lentement. Oui, cette forme pâle ! Oui, la fenêtre s'ouvre ! Jeanne parut et d'un coup de tête mit de côté ses longs cheveux défaits. Elle ne vit pas tout de suite l'amant collé au mur, mais sa main qui se détachait de l'ombre faisait signe et y rentrait, puis elle entendit le chuchotement reconnaissable entre tous.

— Jeanne ? C'est pour toi !

Et elle le vit sortir son arme préférée, vive, forte, cambrée, à la main, la superbe ! et pour lui offrir à plein sa victoire elle fit glisser sa chemise et s'offrit nue. Le froid de la nuit prit tout à coup une douceur de printemps, puis une lame d'été, et la vague monta par degrés jusqu'à sa brûlante écume. A l'apaisement, ils s'envoyèrent un baiser, comme les très purs, en soufflant dans la paume de leurs mains. Dièze qui se voulait galant après la badinerie attendit qu'elle eût refermé sa fenêtre pour regagner son atelier. De joie, d'un bord à l'autre, il envoyait promener d'un coup de pied les poubelles si tristes au bord des trottoirs.

Un matin d'avril des flocons de neige gros comme des papillons d'Amazonie tombèrent sur Nocquoÿ et l'étonnement fut général. Pendant une heure, Jules Bouc disparut de toute mémoire. Il s'éteignit même dans la pensée de Dièze qui restait sur le seuil de son atelier et regardait fasciné l'innombrable vol blanc dans l'impasse. Une sculpture qui ressemblerait à ça ! Chacun ressentait comme au plus secret de ses désirs une douceur de fin du monde et Lucie Macarelle, l'infirme de la rue de l'Epée, venait d'ouvrir à Mlle Ponchard qui la visitait. Elle se rassit dans son fauteuil Voltaire et posa devant elle sur les accoudoirs, en garde-fou, le bâton qui lui servait de canne. Il y en avait dix autres en bouquet dans le porte-parapluies. La ville perdait ses bruits. Il n'y avait plus que ce battement d'insectes mous qui venaient mourir à la fenêtre et les deux femmes ressentaient une lente absorption, un début d'éternité. Elles finissaient par s'oublier l'une l'autre. La neige devenait folle. Par chance la pendule qui répétait ses sonneries tinta dix fois douze coups comme si le temps, dans le gouffre où elles venaient de tomber, leur lançait à chacune une corde à nœuds.

— Pour de la neige, dit l'infirme, c'est de la neige.

— Sans elle je ne vous trouvais pas, dit Mlle Ponchard. Elle a du bon. Vous serez donc une fois raisonnable.

— Ah ! fit Lucie Macarelle, je vous ai dit de ne plus remettre les pieds ici pour me faire de la morale ! Je veux bien que vous me demandiez comment vont mes pauvres jambes, le bassin et le reste. L'abat-jour, oui, mais ne touchez pas à ma flamme !

— Ma chère Macarelle, dit gravement la visiteuse, j'ai le devoir de consoler, mais aussi celui de mettre en garde, de suivre une convalescence, de veiller à un manque. En un mot de prévenir.

— Vous voulez m'ôter le pain de la bouche ? s'écria l'infirme. Ce n'est pas avec mes allocations que je peux me beurrer l'existence. S'il n'y avait pas la véritable aumône, celle qui va de la main à la main, non parce que je suis disloquée mais que l'on me fait pour me remercier. Si tous ceux que j'aide à traverser me donnaient une petite pièce j'aurais toutes mes aises !

— Un jour vous y resterez !

Mlle Ponchard s'en voulait d'être brutale. Elle se ravisa. Elle avait le goût religieux de mêler la peine à la consolation.

— Je suis venue vous apporter de mauvaises nouvelles.

La neige se clairsemait. On commençait à revoir l'immeuble d'en face, d'un noir de veuve dans le besoin, reprisé.

— Le boulevard Opportune est mis en sens unique.

— Non ?

— Et l'on installe un feu de signalisation à l'endroit même où vous exercez.

— Pourquoi me font-ils ça ? soupira l'infirme. Ils veulent me couper les vivres ?

— C'est un peu de votre faute, dit Mlle Ponchard.

— Mais sans moi, sans mes cannes que je dresse, personne ne peut passer ! Qui arrête les voitures ? Qui ouvre ce flot imbécile ? Tous ces gens qui attendraient des quarts d'heure pour traverser et qui me suivent, que je prends sous mon bâton. Il n'y a que moi pour stopper les chauffards ! Alors, arrivés de l'autre côté, peut-on reprocher aux piétons de me donner une petite pièce ?

— Et vous repartez en sens inverse ouvrir la route à ceux d'en face qui faisaient le pied de grue. C'est louable, mais le manège dure des heures !

— Le temps de faire ma pelote sans exagérer. Et je rentre. Il faut les voir ceux qui se présentent alors pour franchir Opportune ! Hélas ! si je n'étais à bout de force, je retournerais leur donner le passage ! Vous plaisantez, mademoiselle Ponchard ?

— Non. Le conseil municipal a voté les crédits. Le boulevard Opportune était le dernier point noir de la circulation.

— Je suis devenue inutile ? murmura Lucie Macarelle.

— A cet endroit, oui, dit la visiteuse.

— C'était pourtant à deux pas d'ici ! Que vais-je devenir ? Comme vous êtes dure, mademoiselle !

— Parce qu'à moi aussi vous faisiez peur. Je me disais qu'un jour ou l'autre vous n'arriveriez pas à les arrêter, toutes ces ferrailles, et que l'une d'elles vous écraserait. Nous le pensions tous.

— Il eût mieux valu, soupira Lucie Macarelle. Je vous remercie.

— Vous allez me dire maintenant un vrai merci, dit mystérieusement Mlle Ponchard, car le conseil et Valentin Thouin qui n'a pas un cœur de pierre vous proposent en dédommagement un travail plus calme à domicile.

— Ce n'était pas un travail, mais un acte de foi ! Pour le bien de tous.

— C'est exactement ce que nous allons aussi vous

proposer. Je compte apporter tout à l'heure au conseil votre réponse favorable. Vous allez recevoir les journaux du département, ceux de Paris, des revues, divers bulletins d'académies, bref, vous relèverez partout où vous en trouverez des échos sur Jules Bouc.

— Notre poète ? dit Lucie Macarelle.

— Il s'agit de les découper, de les classer. Naturellement Nocquoÿ fournit ciseaux, colle et cartonnages. Vous n'avez plus à bouger. Tout viendra ici. Vous n'avez pas l'air de m'écouter ?

— Si, dit Lucie Macarelle. Je me disais tant de neige ce n'est pas normal. Le ciel te joue un tour !

— Vous voilà rassurée ?

— Qui m'aurait dit qu'un jour je découperais le nom de ce cher Jules ?

Mlle Ponchard eut le plus grand étonnement de sa vie.

— Vous l'avez connu ?

— Ha ! s'écria Lucie Macarelle, et cette interjection lancée en fusée s'ouvrit en feu d'artifice.

— Si je vous disais que c'est grâce à lui que vous êtes là ?

— On m'a chargée d'une mission !

— Elle vient de lui ! Tout ce qui me concerne vient de lui ! Je l'ai connu au pire moment de ma vie, mais de la détresse naît toujours une fleur imprévue. D'abord, il faut vous dire qu'il reste aussi toujours un grain de gentillesse dans l'homme le plus mauvais. Sans quoi, comment voudriez-vous que les véhicules s'arrêtent quand je lève ma canne pour faire passer les autres sous mon aile ? Je ne suis pas dévote, mais j'aime aller à l'église, surtout dans les heures creuses, mais je n'en avais guère pendant les vingt-cinq ans que j'ai passés dans notre bonne vieille usine de caoutchouc. Nos mains vieillissent. Il en faudrait de plus jeunes pour rouler nos délicates protections ! Hélas, des machines les remplacent aujourd'hui. Tout se tient, quand on en est venu à faire l'amour comme des machines ! Et à tomber malade, pareil ! Après, certes, on vous visite vous voici, mademoiselle Ponchard ! Excusez-moi, je ne vous prends pas pour l'inspecteur des travaux finis, mais avouez que le monde a pris de drôles de manières.

— Vous êtes quand même heureuse de me voir !

— C'est un métier que j'aurais aimé faire. Vous devez en entendre ! Rien de tel que la maladie pour ouvrir un être !

— Ah ça, tout le monde se déballe. Je pourrais en écrire un roman. Ma vie est un roman, mademoiselle Macarelle !

— Le roman des autres ! Enfin ! Laissez-moi vous finir mon chapitre. J'allais donc assez souvent, le soir, après mes manipulations, me recueillir à l'église. Non pour demander pardon à je ne sais qui des pensées luxurieuses qu'avaient fait naître mes innocentes capotes, je ne pense pas que le bon Dieu perde son temps à sanctionner les jeux qu'il nous a offerts, mais pour reprendre forme, recueillir précisément tous mes morceaux dispersés, hachés par tant d'heures mécaniques. N'ayant pas de dévotions particulières j'étais assise ce jour-là dans la chapelle des Béquilles, tapissée d'ex-voto, et je ne regardais même pas la Vierge des Miracles, si haut dans la pénombre, quand soudain je lève un œil et j'aperçois que sa couronne d'ampoules toujours allumée avait glissé et se trouvait de guingois. Ses yeux levés vers le ciel semblaient s'en inquiéter. Ni une ni deux, je me lève, je monte sur l'autel, je hisse la chaise et j'essaie d'atteindre le visage adorable pour remettre d'aplomb son diadème, je glisse sur la paille, je tombe et heurte dans ma chute le retable, la table en marbre, les degrés de pierre, le sol, le cuivre d'une bouche de chaleur. Une culbute en enfer ! Je poussai un cri avant de m'évanouir et m'éveillai sous un visage dont je n'oublierai jamais qu'il fut un instant celui de Dieu le père. Oui, des yeux clairs, les deux quartiers de lune d'une moustache opalescente. Tout fut double pendant une seconde, le temps que s'approche de moi un nez puissant. J'entends encore la voix : « Ce n'est rien, je vais vous aider. Je passais par là. » Comme j'étais disloquée il me prit dans ses bras et je tournai une fois encore de l'œil pour me réveiller à l'hôpital où l'on réduisit mes fractures. Je revis cet homme en reprenant mes sens. Il était assis au pied de mon lit et m'apparut très grand, le regard descendant vers vous, toujours, la voix en fil avec très peu de mots, quelques gros grains. Il s'appelait Jules Bouc. Il écrivait. Je lui demandai quoi ? « Ma vie, dit-il, tout un poème ! » Et je me rappelle cette chose qu'il ajouta en désignant l'appareillage de cadres et de poulies qui me maintenait au lit : « Vous sortirez bientôt de ce piège, mais la mort ne cesse de jouer avec nous, affût, coups de patte et guet-apens. C'est la chatte et l'oiseau. » Il m'avait apporté des fleurs en celluloïd. Je les ai toujours sur mon buffet.

— Vous l'avez revu ?

— Quelquefois sur le marché, mais bonjour, bonsoir. Oh, très charmant, mais j'avais l'impression de le déranger. Une fois, je l'ai aidé à traverser le boulevard Opportune et j'ai cru qu'il allait se faire écraser parce qu'il s'était arrêté au beau milieu pour renouer le lacet de sa chaussure. Je l'ai encore croisé une ou deux fois et puis, vous savez ce que c'est, il s'est fondu dans le paysage. On se voit sans se voir. Un beau jour, on se dit : « Tiens, qu'est-ce qu'il devient ? » et l'on apprend qu'il a disparu. Il vous reste la mémoire, pareille au voile de Véronique. Mais vous avez l'air toute chose ?

— Hein ? dit Mlle Ponchard en revenant sur terre.

— C'est bien la peine que je vous raconte ! dit Lucie Macarelle. Il est vrai que l'on ne parle jamais que pour soi !

Mais c'est entendu, j'accepte de classer les notes sur Jules Bouc. Ce ne sera pas un gros travail, un homme qui n'a fait que passer !

— Détrompez-vous, dit la visiteuse, on commence à en parler.

Elle ouvrit l'énorme bourse de cuir qu'elle portait à l'épaule, en tira un peigne qu'elle posa sur la table, puis une brosse à cheveux, une peau de chamois, essuya ses verres de lunettes, puis, après un mouchoir qui ressemblait à une fleur malade, elle mit au jour un paquet de journaux roulés dans un élastique.

— Je vous apporterai demain les fournitures.

— Vous avez donc cru que je pouvais refuser ? s'écria Lucie Macarelle.

— Pouvions-nous savoir votre attachement à notre cher disparu ? Nous sommes déjà tous étonnés, avec l'impression de forcer le secret d'une pyramide et de remettre au jour notre pharaon. Je vous l'avoue, Lucie, depuis que notre poète est sorti de son purgatoire je suis entrée dans une ère nouvelle. Je ne vois plus que par lui.

— Jules ! dit rêveusement l'infirme. C'est vrai que certains êtres surgissent des profondeurs et deviennent nos poissons pilotes. Moi-même, sur le boulevard Opportune, j'ai connu cela, j'entraînais les masses. Je le dis simplement, mademoiselle Ponchard, je regretterai mon boulevard. Regardez, voilà la neige qui remet ça ! C'est une chance, au fond, cette mission que vous me confiez. Remerciez le maire, je vous prie, et puisse-t-on parler aux quatre coins de mon bienfaiteur ! Je ne demande qu'une chose : léguer à la Bibliothèque de M. Charmin les albums que je vais remplir.

Elle eut un sourire lointain comme en ont les vieilles femmes et qui semble venir de l'autre rive où tout est calme et de merci. Je parierais qu'elle ne m'a pas tout dit, songeait

Mlle Ponchard. Ce n'est pas par hasard que sa face a pris le lisse cuit de ses fleurs en celluloïd. Le grand nez de Jules descend encore sur elle, reprend ses lentes allées et venues, les arrêts, les ravissements, les plongées ! Le désir se retient pour mieux s'épanouir et tout à coup, au plus profond, au plus chaud, au plus mouillé...

— Je n'ai pas connu de plus grisantes moustaches, dit Lucie Macarelle. Vous eussiez dit de deux gondoles sur la vague des lèvres.

Une heure après, Valentin Thouin recevait Mlle Ponchard dont le cœur battait. Elle ôta ses lunettes et parut égarée. Je ne l'ai jamais vue sans ses hublots. Elle n'est pas mal. Elle serait même un peu gamine, quand les gamines, on sait pourquoi, vous attrapent de si jolis cernes.

— Le portrait de notre homme se précise, dit-elle. Il portait des moustaches à la turque, argentées et nobles. Je tenais à ce que vous soyez le premier informé, mais je vais de ce pas les offrir à M. Dièze. En marbre ce sera du plus bel effet. Qui pouvait soupçonner qu'elles ont caressé une Lucie Macarelle ? C'est bien d'un poète qui embellit tout.

Elle remit ses lunettes et Valentin Thouin serra les genoux sous le bureau Louis XV.

— Puisque nous en sommes pour la première fois aux confidences, dit-il. C'est vrai cela, on se voit si souvent que l'on ne se regarde plus ! Répondez-moi franchement, entre quat' z'yeux, ça ne sortira pas d'ici. Vous êtes venue d'abord vers moi m'annoncer une nouvelle qui va grandement aider notre sculpteur, bien. Je sais que Dièze et moi nous nous ressemblons.

— En effet, mais il a de très forts, de trop forts sourcils.

— C'est toute la différence que vous voyez ?

— A première vue, oui.

— C'est la seconde vue qui m'importe, je vous parle de

cœur à cœur. Vous débarquez dans la ville, vous allez au théâtre, vous êtes assise entre Dièze et moi, vous attendez que le rideau se lève, vous regardez à droite et à gauche, lequel des deux choisissez-vous ?

— J'attendrai l'entracte, dit Mlle Ponchard.

— Autrement dit, ce n'est pas une évidence. Il n'y a pas un petit quelque chose... un je ne sais quoi... ?

— J'hésite.

— Donc, l'un ne l'emporte pas d'emblée sur l'autre. L'entracte se termine.

— J'attends la fin de la pièce.

— Soit. Le rideau tombe. L'un s'en va côté cour, l'autre côté jardin. Avec lequel partez-vous ?

— Mais je ne vais pas à la comédie pour me mettre un drame sur les bras ! Je n'ai jamais eu besoin d'un homme ! Je m'occupe de tous, indistinctement. C'est la grandeur de mon sacerdoce.

— Ne vous emballez pas, ma question n'est pas désobligeante. C'est une quête très pure au contraire. Il me semblait qu'aujourd'hui j'allais enfin savoir ce qui me distingue de cet artiste, et pas extérieurement ! Sa barbe a toujours des éclats de plâtre. La mienne non. Il vit col ouvert, moi cravaté. Bien. Mais le fond, le fond ? Quel motif vous a poussée vers moi, d'abord ? Laissons de côté les questions de célébrité et d'argent. Je suis d'ailleurs plus riche que lui. Les Thouin ont quatre générations de vinaigriers et l'on mange de la salade à chaque repas. Dièze mort, plus de cheval, mais le fils Thouin ouvre le robinet et le vinaigre coule. Ah ! Mademoiselle Ponchard, si je m'adresse à vous c'est que tout le monde me ment. Je vous aurais crue plus coopérante.

— Franchement, dit-elle, mais il la coupa.

— Oh non ! Quand on commence par le mot franchement ! Merci, mademoiselle Ponchard. Passez à la procure pour les besoins de Lucie Macarelle. J'ai mon éditorial à finir pour *Le Réveil.*

Quelle langue faut-il parler ? Personne ne me dira donc jamais la vérité ? Y en a-t-il une, seulement ? Qu'est-ce qu'elle a à se tenir debout, son sac sur le ventre, comme une cultivatrice dans un musée ?

— Je vous ai dérangé. J'ai cru bien faire, dit Mlle Ponchard. Je lis toujours avec intérêt vos articles dans le journal. Vous avez l'art de ne blesser personne et j'aimerais en prendre de la graine. C'est peut-être cela qui me plaît en vous. Nous n'aimons jamais que ce qui nous ressemble. Pourtant ! Je me regarde le soir dans la glace de mon armoire. C'est moi, et je n'ai pas l'air de me ressembler.

— Vous me trouvez bon ? demanda Valentin Thouin. C'est donc ça ?

Il lui prit la main et la porta à ses lèvres. Comme il avait fermé les yeux il ne vit pas les poils qui allaient le chatouiller. Il éternua avec violence, à se faire sauter la tête.

— A vos souhaits ! dit Mlle Ponchard.

Elle le vit sortir un mouchoir révolutionnaire si grand et si rouge que Valentin Thouin parut un moment décapité.

Elle frissonna et sortit, presque en peur. Elle l'entendit encore éternuer et s'arrêta derrière la porte, comptant les bruits effroyables, espérant pour son bonheur qu'il irait jusqu'à sept, mais Valentin Thouin décidément peu fait pour le bonheur s'arrêta au sixième spasme. Mlle Ponchard regarda l'heure à la montre qu'elle portait en sautoir. Aurait-elle le temps de passer à l'atelier de Dièze avant d'aller prendre son thé au *Jardin du Cœur* ? Les aiguilles marquaient minuit et le soleil jouait entre les arbres du jardin ! Elle sourit. Depuis la résurrection de Jules Bouc la mémoire n'arrête plus de vous jouer des tours pendables !

On remonte le temps, mais pas celui des montres ! Derrière sa double porte capitonnée Valentin Thouin ne pouvait l'entendre descendre à cloche-pied le grand escalier. Il avait repris le cours de sa vraie vie, le fil de l'unique discours dont il arrangeait les berges selon le paysage que l'on attendait de lui, à l'occasion, cette fois-ci, du sacrifice que chaque citoyen de Nocquoÿ devait consentir pour les fêtes en mémoire du poète. Il avait mis à sécher le mouchoir rouge sur le dossier de son fauteuil. Sa main fit tourner la plume au-dessus de la feuille de papier, d'un moulinet de cuisinier allégeant une sauce, et il rentra dans le vif du sujet.

« Chers administrés et amis, de même que l'accroissement constant de la qualité et de la quantité de nos activités nous permet de mieux apprécier les structures que nous nous sommes données, garanties par une toujours plus large participation, les critères de renforcement et d'extension restent au premier chef la base de notre attitude. D'autre part, pour forger de nouvelles propositions comme le lancement de cette campagne en l'honneur du plus illustre et du plus méconnu de nos concitoyens, le bon vouloir de tous doit être un modèle de participation générale. Il n'est pas besoin de souligner que l'inauguration d'un processus destiné à perfectionner les conditions adéquates doit dans une large mesure se forger de gré à gré. C'est pourquoi j'en appelle à ce qui a toujours le plus de résonance, j'en appelle à votre cœur. N'oublions pas toutefois que ce nouveau modèle d'activités inaugure un rejet de certains axes dans les conditions administratives et financières existantes. Nous nous y emploierons. Il faut que chacun sache que Nocquoÿ sort de la crise, rassemblée autour de cet homme à cheval dressé dans le ciel, porteur non de l'épée mais des roses de la culture. Je rappelle le numéro du compte spécial où déposer vos dons. Les noms des membres bienfaiteurs seront gravés sur le socle. »

Valentin Thouin signa son appel avec ferveur. C'était une suite de tourbillons traversés d'éclairs sur quoi veillaient très haut les étoiles des deux points sur les i.

De jour et de nuit Dièze avait fait cent fois le tour de la ville qu'il connaissait jusqu'au moindre pavé. Le pont avec ses arrondis au-dessus des piles centrales paraissait l'endroit idéal pour la statue, avec son renflement vide en aval, face à la colonne coiffée d'une croix. Il n'y avait pas même à supprimer le banc de pierre en demi-lune sur lequel il s'était assis pour méditer forme et taille à donner au socle. Jules Bouc planerait au-dessus de la circulation toujours intense, mais n'eût-il pas préféré un endroit plus tranquille répondant pour l'éternité à la discrétion que fut sa vie ? Une fois encore le cheval de Bouc, impatient, emporta l'artiste vers la place Saint-Martin comme si l'église était l'écurie rêvée. Il s'arrêta face au porche rond, au milieu des pavés, couronné de corneilles, la jambe à peine levée pour encenser, naseaux bas, et le dos creux. Il fallait que la couronne du poète répondît aux feux des vitraux, et que le fidèle ou le visiteur en sortant de l'ombre enchantée trouvât sur le chef de Jules Bouc la même étincelante verrerie que celle de la grande rose. Quelle idée d'avoir songé à de la céramique pour ceindre le front génial ! Dièze se rendit chez Sugères pour lui demander d'assembler dans une résille de fer des morceaux de verre rose, bleu, jaune et vert :

— Du trapu d'où les couleurs en souffrance s'échappent.

— Carolingien, précisa Sugères. Je suis content, nous ne nous voyons jamais.

— La dernière fois ce fut rue du Bon-Sens, dit Dièze. Pourquoi se le cacher ?

— Je n'y ai pas remis les pieds, dit le verrier. Je sais que les filles y sont de plus en plus jeunes.

— Oui, dit Dièze, mais j'ai lâché le *Domino* depuis qu'Estrellas en est devenu le propriétaire. Et puis la femme des autres ne vaut pas la femme d'un autre, toujours plus rétive.

Le corps de Jeanne traversa le vitrail d'arums au fond de l'atelier et la lumière fit un écart.

— Evidemment, si l'on pense bassement, l'affaire est plus coûteuse.

Dièze qui n'avait jamais offert un bijou à Madame Luge pensa qu'il pourrait se ruiner et soupira.

— L'important, dit-il, c'est d'être désiré. Ne me parlez plus du *Domino* ! Quand pouvez-vous me sertir cette couronne ? On l'essaiera sur les différents plâtres. Ils coiffent gros. Je lui ai fait un beau crâne. Plus fort que la normale, pour être vu d'en bas, évidemment socle et cheval obligent. Vous le voyez devant Saint-Martin ?

Sugères qui voulait garder intacte la place humble et désuète répondit que non. Aurélien rentrait de l'école, son cartable sur le dos.

— La maîtresse a pris mon dessin et elle l'a épinglé au-dessus de son bureau. C'est le plus beau.

— Il avait à faire un poème en l'honneur de Bouc, expliqua Sugères, et qu'est-ce que tu as mis ?

— Une maison, un arbre, le soleil, la lune, plein d'étoiles, la rivière, un chat et un oiseau, l'eau entre les deux, bien sûr, ils ne peuvent pas s'attraper, plus un bonhomme dans un coin avec sa pipe. On va manger ?

— Vous êtes des nôtres ? demanda le verrier.

Ils allèrent chez Ahmed qui les assura dès l'entrée que la vie est belle. Près du faitout de semoule, des merguez grésillaient dans l'air déchiré par la voix rauque d'une chanteuse. Ahmed baisse le son avant que Sugères ne le lui demande. L'étranger, notre hôte, a droit à tous les égards.

— Moi aussi, dit-il à Dièze en montrant du bout de sa fourchette la moulure à fleurs qui courait autour du bar, j'ai tout sculpté au couteau. La vie est belle, mon frère ! Je mets Cassius, mon fils, à votre table, c'est un honneur.

— Pourquoi tu bois ton verre d'un seul coup ? demanda Aurélien ?

— L'habitude, dit Dièze qui pensait au dessin décrit par le fils du verrier. C'est cela qu'il faudrait sculpter ! Le soleil, les étoiles, le fleuve ensemble. Jamais Jules Bouc ne serait plus ressemblant. Cet enfant est un poème, pourquoi ne pas asseoir sur mon cheval un enfant, Jules enfant ? Nu et coiffé de la couronne à verres précieux ? L'amour aussi est toujours en enfance. Je ne lui mettrai pas d'ailes. Un carquois, peut-être ? La plume des flèches ? La plume de l'homme inspiré ! Ça crève les yeux !

— Pourquoi tu ris tout seul ? demanda Cassius.

— Je ne vois pas de meilleurs emplacement que le rond-point de la gare, dit Sugères.

— Pourquoi tu as une grosse barbe ?

Dièze y passa la main et les poils élastiques rejetèrent quelques grains de couscous.

— Parce que les femmes aiment ça, dit-il impatienté.

— Je ne vois pas un enfant devant une gare, qui est un lieu d'adultes !

— Je vous parle de Bouc, dit Sugères.

— Moi aussi. Il a été enfant, lui aussi.

Cassius et Aurélien essayèrent au même instant d'attraper une mouche qui venait de se poser sur la table. Ils renversèrent le verre de Dièze.

— Tu vois pourquoi je ne laisse jamais de vin dans mon verre ?

— Allez jouer, dit Sugères et les petits s'éloignèrent en courant se percher sur les hauts tabourets du comptoir.

— J'aimerais que votre fils vienne poser à l'atelier.

— Cela aurait fait plaisir à sa mère, dit Sugères que la disparue hantait une fois de plus.

— Et de sa fenêtre elle l'aurait toujours sous l'œil, devant le porche de Saint-Martin, dit Dièze.

— La vie est belle, encore une boulette ? demanda Ahmed.

Comme le bruit montait dans la salle avec la chaleur du repas, il redonna du volume à la chanteuse. L'air relevait avec peine ses toiles lourdes, et la voix dansait du ventre, dessinait les formes de Jeanne et de la disparue, et pour les autres d'autres corps aimés. C'est vrai que la vie est belle, inattendue mais toujours là, à vous offrir des fils et des filles possibles, pleins d'étoiles et de soleil, d'eaux vives, de chats et d'oiseaux !

Dièze raccompagna Sugères à la boutique des vitraux, mais le verrier lui demanda s'il ne pouvait pas l'accompagner encore un moment. Il lui montrerait l'endroit parfait, le lieu où personne ne viendrait, où la gloire de Jules Bouc serait dans son plus bel écrin, sans regard pour le ternir, car l'idéal serait d'en fermer l'accès. Ils entrèrent dans l'église Saint-Martin et Sugères précéda Dièze en éclairant de son briquet, par intermittence, les marches qui mènent à la crypte.

— Je connais, dit Dièze, c'est à coup sûr ce que nous avons de plus beau.

Sugères alluma un quignon de cierge qui restait sur le plateau près du tronc, contre la grille où se devine un sarcophage, et ils regardèrent un long moment trembler les douze colonnes qui supportent au nom des douze apôtres la voûte sans faute.

Ils retrouvèrent l'été léger sur les pointes au milieu des pavés. C'est là que serait l'enfant.

— Avec un chat serré sous le bras gauche, dit Dièze enthousiaste, et la main droite ouverte libérant un oiseau. Il faut arroser ça !

— Montons à l'appartement, dit Sugères, passons par la grande entrée.

C'était la porte cochère à côté des vitres de l'atelier. Une large rampe de bois chant sur chant accompagne les marches de pierre. Sur le palier vis-à-vis la porte de l'artiste, celle du voisin laissait passer la voix d'un homme en colère.

— C'est un retraité, murmura Sugères. Il passe sa vie devant la télé et commente surtout les discours. Quand il ne les aime pas, il crie plus fort qu'eux.

Dièze se pencha pour écouter, mais il se releva tant c'était violent. « Quel cul ! Tu crois que je vais avaler ça ? Tais-toi, gamin ! Pour qui me prends-tu ? Un veau ? Garde ton persil ! Quoi ?? Quelle augmentation ? Quelle redevance ? Quelle solidarité ? Et mes bretelles ? »

— Venez, dit Sugères en tirant Dièze par la manche.

— Attendez !

Il y eut un déclic, une voix de femme, rapide et feutrée puis un sifflet, des percussions, une houle de stridences. Le retraité les couvrit aussitôt d'un arpège suraigu. « Et on appelle ça de la musique ! Qu'est-ce que vous voulez me faire croire ? Ma chasse d'eau ! D'où viennent-ils ? Où allons-nous ? »

— Il va éclater ! dit Dièze.

— Non. Il a l'habitude. Il a pris sa retraite comme cardiaque. Déjà du temps de ma femme, c'était comme ça. Au demeurant, le meilleur voisin du monde.

Et l'autre s'exaspérait derrière sa porte et joutait avec l'annonceur : « Programme régional ! Nocquoÿ ! Tiens, on existe maintenant ! Une statue ? Quelle statue ? Connais pas. Vous feriez mieux de vous occuper des vivants ! Un poète ! Qui ça ? »

— On a dû parler de Bouc, dit Dièze en pénétrant chez le verrier.

Des plantes vertes éclairaient les cloisons, les murs à la chaux. Certaines se voûtaient au plafond et leurs ramures rejoignaient celles d'en face.

— Mes modèles, dit Sugères en faisant un moulinet du bras, mais elles gardent le secret de leurs verts. J'en ai noté vingt-sept différents.

A l'autre bout de l'appartement Aurélien et Cassius apparurent, montant l'escalier en colimaçon. Une petite fille les suivait.

— Vous n'êtes pas en classe ? demanda Sugères.

— Tu vois bien que non ! La maîtresse a une réunion de maîtresses. On montre la maison à Céline.

Les enfants disparaissent par une porte que masquent des aucubas. Sugères débouche une bouteille. Dièze s'allonge sur un divan. La lumière entre deux feuilles a la couleur des yeux d'Hélène. Les coussins gardent un soupçon de céleri. Le genièvre a le goût de la pierre fraîchement taillée. Sugères pourrait être un bon compagnon, mais il est trop tard pour se faire des amis. Nous sommes dans une minute heureuse. L'ombre des plantes bleuit l'alcool transparent.

On n'entend plus les enfants. Dièze pose d'un bras souple son verre vide sur le tapis. Le temps s'arrête.

— Vous avez dormi une bonne heure, dit Sugères.

— Ça m'arrive, dit Dièze. Autrefois je ne pouvais pas fermer l'œil. Maintenant...

— Je connais ! dit le verrier. Ce fou en moi que de temps en temps je livrais à l'amour, je le donne au sommeil, à présent. Comment dirais-je ?

— Ne le dites pas !

— La nuit est de plus en plus gourmande.

Dièze s'assit, attendit que la pièce eût fini de tourner et saisit *Le Réveil de Nocquoÿ* qui traînait à terre. « La Poissonnerie Humain sera fermée pour cause de travaux du 8 au 8, tout un mois. Madame Estrellas est élue Présidente de la Croix-Rouge. Début d'incendie au *Jardin du Cœur.* La Pharmacie Luge remporte le concours des vitrines de la Quinzaine Commerciale. On a remarqué sa batterie de clystères entourant une mappemonde tournante et lumineuse. Nous connaissions le scientifique, nous découvrons l'inspiré. »

— Ecoutez ça, dit Dièze : « Nous avons le plaisir de vous informer que Madame Lucie Macarelle est nommée archiviste adjointe du Comité Jules Bouc. Toute personne ayant souvenir du poète de Nocquoÿ aura à cœur de se mettre en relation avec notre bénévole et courageuse concitoyenne. Son fauteuil d'infirme devient un siège académique. Tous nos vœux l'accompagnent ! » J'ai fait quelques croquis de Lucie Macarelle sur le vif quand elle ouvrait le fleuve de voitures, boulevard Opportune. Un côté Goya, là-dedans.

— Tous les artistes dorment en nous, dit Sugères. Nous les sentons se retourner quand nous rêvons.

— Je n'ouvre jamais un journal, dit Dièze.

— C'est quand même le roman le moins cher, dit l'autre,

et le plus romanesque. J'aime bien, moi, surtout quand il est un peu vieux. Je n'avais pas encore ouvert celui-là. Voulez-vous l'emporter ? Vous me le rendrez plus tard.

— Volontiers, dit Dièze, et par l'escalier en spirale où il pouvait à peine passer il gagna la rue.

Il se retourna vers l'étage et vit les trois enfants côte à côte et nez au carreau qui regardaient les nuages se défaire dans le vent qui s'était levé. Dièze sourit au ciel de cirque. C'est cela aussi qu'il faudrait rendre, cette ménagerie, ces fleurs, les visages, les accouplements, ces longues naissances, ces morts charmantes qui ne sont que leurs vies. Il avait bien tâté de la sculpture mobile mais elle le faisait moins rêver qu'un bloc de marbre encore inattaqué. Quand il arriva dans son impasse, Jeanne l'attendait, encoignée dans la porte. Il la prit un instant pour un homme avec son taupé épinard et ses culottes à fond turc, la guitare en bazooka. Elle n'attendit pas qu'il appréciât la dernière mode parisienne, ses talons aquarium où vrillaient des ludions — il était le premier à les voir, elle les avait achetés pour lui —, la chaîne de chiourme qui lui servait de ceinture. Elle lui mangeait la bouche. Ils entrèrent dans la plus belle fin d'après-midi. Le vent taquin dans les verrières et sous les portes venait ajouter à leurs caresses, puis ils s'oublièrent. Il n'y avait plus que ce double facile et compréhensif, sans prénoms et sans voix, dont la boule d'une douceur de neige dévalait une pente sans fin, grossissait, s'immobilisait tout à coup sur le monde plat, fondait lentement et les libérait.

— Je m'aime, dit Dièze, aujourd'hui.

Jeanne en croix sur le plancher regardait les premières atteintes du soir sur la verrière.

— Je m'aime aussi, dit-elle.

Ils eurent droit à une lune chinoise, un peu creuse, où passaient des algues vite happées. Ce fut toute leur nourriture. Pour s'enfuir incognito Madame Luge redevint une sorte de chasseur autrichien passé par le Grand Bazar.

— Je garde tes chaussures, dit Dièze, et il lui passa une paire de brodequins rongés par le plâtre. Tu jetteras ces moules en arrivant.

— A demain, murmura-t-elle. Rends-moi une des miennes, on partage.

Elle heurta la pierre du seuil. La guitare résonna dans son étui, ce qui la fit rire et trébucher jusqu'au bout de l'impasse.

— Jeanne ! cria Dièze en courant vers elle. Je ne t'ai pas dit que je veux faire un enfant.

— Maintenant ? Il est tard ! Mme Sterb a beau me donner des leçons après le dîner. On papote, mais il y a des limites. Et que ferons-nous d'un enfant ?

Elle regardait les rues comme si elle était prise en faute.

— Je te parle de Jules. Je vais le faire enfant.

— Ce vieux machin ?

— Mais il a été jeune, ma mie ! Un bel enfant, qui écrasait son nez à la fenêtre pour regarder les nuages. Qu'en penses-tu ?

— Et ton cheval ?

— Le jeune Bouc le monte à cru.

— Tu me demandes toujours les choses que tu as décidées ! Rentre. Ce n'est pas la peine que l'on nous voie et tu dors debout.

Elle baisa son majeur libre et l'enfouit dans la barbe de Dièze. Il le prit à pleines dents et mordit. Elle se jeta contre l'énorme poitrine, la guitare eut une plainte, et comme Dièze allait l'étouffer dans ses bras Jeanne lui donna un coup de genou bien placé et se sauva. Il resta plié en deux. Quand il rouvrit les yeux il aperçut un chien-loup qui tomba en arrêt, suivi d'un vieux monsieur qui tenait une lampe électrique.

— Au pied, Félix ! Mais c'est vous, monsieur Dièze ! Ah, les nuits, les rues, les voyous ! Plus rien n'est sûr ! Ils vous ont attaqué ?

— Je les ai mis en fuite, dit Dièze.

— Combien étaient-ils ? On n'a le temps de s'apercevoir de rien et nous voilà expédiés. Je me demande bien ce que la Providence... Voulez-vous que je réveille un médecin ? Nous avons la pharmacie Luge. C'est la plus proche. Je ne parle pas du poste de police. Plus on y entre moins on en sort.

— Vous êtes bien brave, dit Dièze. Il me semble vous connaître.

— Oh, je fais partie de la troupe obscure, tandis que vous ! Je m'appelle Humain. J'ai fondé et cédé ma poissonnerie à des gens qui font fortune, mais j'ai tenu à ce qu'elle garde mon nom.

— La pharmacie Luge, murmura Dièze, pourquoi pas ?

— Félix va nous ouvrir le chemin. Vous pouvez vous redresser ? Eh là, vous avez l'air salement touché.

— Le cœur, dit Dièze.

— C'est toujours le cœur qu'ils visent.

— Voulez-vous fermer ma porte et ma lumière ? demanda Dièze en se tournant vers le fond de l'impasse. La douleur s'atténue. En rajouter juste ce qu'il faut. Sortir mon couteau, faire une entaille à la chemise, une toute petite coupure et voir la tête de Luge, et celle de Jeanne, celle de Jeanne !

Dièze marchait à petits pas derrière Félix dans la pleine lune.

— On ne parle que de vous. Une statue énorme, il paraît ? J'ai lu dans *Le Réveil* que l'on va nous consulter sur l'endroit qui nous plairait pour l'installer. Ça va ? Je ne marche pas trop vite ? Je verrais bien le boulevard Opportune quand il croise la rue Dom Pistor.

— Pourquoi ?

— J'habite à l'angle.

Ils arrivèrent devant la pharmacie dont clignotait la croix verte et M. Humain pressa le bouton de sonnette, une fois, deux fois. Il insistait, mais sans réponse, sans qu'une fenêtre s'ouvrît à l'étage. Dièze pensa qu'un caillou lancé de l'autre côté dans la petite rue ferait apparaître la belle, mais le jeu ne l'intéressait plus.

— Quelqu'un ? lança le vieux monsieur.

Félix se mit à hurler à la lune.

Des volets s'ouvrirent dans les immeubles d'en face.

— Il n'est pas de garde ! lança une voix. Lisez le tableau de service au lieu de réveiller les gens !

— Roqueton, lut M. Humain. Evidemment c'est à l'autre bout de la ville près de l'écluse. Silence, Félix !

— Je vais mieux, dit Dièze, je vais rentrer. Laissez-moi vous serrer la main.

— C'est un grand honneur, dit M. Humain.

Il laissa le sculpteur s'éloigner, les persiennes se refermer. Sous la croix verte qui giclait au-dessus de la porte, il appela le chien-loup et lui demanda de faire un effort, sur le trottoir, juste à l'entrée.

Le dimanche après-midi, Mme Sterb laissait le docteur à sa collection de soldats de plomb et s'en allait rendre visite à sa cousine germaine, celle que l'on appelle la pauvre Thérèse, internée mais choyée à l'Asile des Chèvrefeuilles. Il lui arrivait d'emporter sa guitare et de jouer dans la salle commune des malades douces.

Les Chèvrefeuilles ont l'allure d'une paisible villa romaine, entourée d'arbres grêles, derrière les hauts grillages de deux enceintes. Chaque fois, au sortir de la ville vers la plaine, le cœur de Mme Sterb se serre à la vue des gazons sans faute entre les treillis.

Thérèse vivait avec trois compagnes dans une chambre claire où l'on déployait quelquefois des paravents. On disait dans la famille qu'elle n'avait pas toute sa tête, et il est vrai que lorsqu'elle tenait l'assiette que Mme Sterb couvrait de gâteaux il lui arrivait de l'oublier, de la lâcher et de s'étonner sans sourire, mais elle pouvait suivre un petit temps une conversation. Sous des cheveux gris en casque, toujours vêtue d'un tailleur pied-de-poule, uniforme des privilégiées, elle avait des yeux plus noirs que le noir dans un visage de lin dont l'architecture s'effaçait. Mme Sterb lui apportait aussi des magazines et des bonbons. Elles restaient dans la chambre ou se rendaient à la salle de jeux pleine d'un lent tourbillon de solitaires silencieuses. En passant le péristyle elles allaient faire un tour dans le premier jardin et jeter un œil sur les fins peupliers de la seconde clôture. Le ciel énorme y paraît absent, même aux jours de nuages.

— Tu as bonne mine, dit Mme Sterb.

— Je ne me plains pas, Madeleine.

— Quoi de neuf cette semaine ?

— Rien.

— Tes amies ?

— Elles ne vont pas bien, dit Thérèse. Il y a toujours celle qui parle, la nuit. Alors évidemment, nous lui répondons. On ne peut pas la laisser avec ses soucis et nous apprenons bien des choses.

Elles marchaient sur le gravier géométrique qui borde le gazon. Pourquoi pas moi ? songeait Mme Sterb. Pourquoi ne suis-je pas à sa place ? Nous avons eu la même nourrice et je ne suis pas tombée de ses bras. Bien sûr, le choc n'explique pas tout. L'oncle Henri portait de la mauvaise graine. Tant de femmes l'avaient pourri ! mais il aimait la sienne, il ne lui a pas survécu. Qui peut dire quoi sur l'amour ? On brode. On n'achèvera jamais de broder son costume, on se pique et le fil casse toujours. Thérèse est un accroc.

— Par exemple ?

— Elle est en relation constante avec le maire.

— Avec Valentin Thouin ?

— Elle lui dit ce qu'il faut faire et ne pas faire. Elle le disait déjà au Général et il l'écoutait.

— Il faut rentrer, maintenant, dit Mme Sterb. Veux-tu que je te joue quelque chose ?

— Les danses, dit-elle.

Thérèse et ses trois compagnes s'assirent côte à côte sur

un lit, jambes pendantes, et regardèrent Mme Sterb accorder sa guitare, un pied sur une table de nuit où relâchait une flottille de bateaux de papier, mis en chantier dans les pages d'un *Réveil de Nocquoÿ*. Cela donne l'idée de traverser la mer qui est peut-être pour ces malchanceuses le rêve le plus profond. Ce grand désir la saisit elle-même si souvent, assise auprès du meilleur des maris, pourtant, le discret et fluet docteur Sterb aux ongles trop roses, fervent des guerres de l'Empire.

— Brazil, dit Mme Sterb.

Et, sur des basses rondes qui rebondissaient à n'en plus finir, des notes hautes et vertes sautaient de branche en branche. Quelquefois l'une éclatait, liquide et sucrée. Thérèse et les femmes souriaient sous leur coiffure à la Jeanne d'Arc, et serraient la croix qui leur pendait au cou. A la porte ouverte sur le couloir, d'autres pensionnaires écoutaient, bras ballants. A l'appel d'une surveillante elles disparurent en se donnant la main. Mme Sterb arrêta d'une paume aussi douce qu'un baiser les dernières notes de la samba si pareilles à de grosses lèvres qui s'ouvrent et rangea sa guitare. Elle avait envie de s'en aller et ne pouvait plus regarder Thérèse, dont l'œil la fusillait. Les autres ne disaient rien mais ne souriaient plus. Je ne jouerai plus, pensait Mme Sterb. Chaque fois elles ont l'air de le vouloir pour mieux me le reprocher, mais pourquoi ce mal sans fond, sans réplique ? Qui le permet ?

— Je reviendrai dimanche, dit-elle. Tu n'as pas mangé mes gâteaux, Thérèse.

Elles s'étaient toutes levées et entouraient Mme Sterb. L'une alla tirer de l'armoire un chapeau de paille noir, s'en coiffa et dit d'une voix de confidence qu'elle ne parlait jamais aux autorités que couverte.

— Etes-vous au courant de la mort de notre poète ?

Notre amie Thérèse nous a lu la nouvelle dans le journal. J'ai aussitôt dit à Valentin Thouin, qui est de ma famille, ne l'oubliez pas, mais je vais me gêner ! qu'une ville qui laisse mourir son poète est à rayer de la carte. Oui, je le lui ai dit comme je vous vois.

— Et il lui a répondu, ajouta Thérèse.

— Des mots embarrassés, reprit l'autre, et je lui ai servi, taratata, venez donc voir chez nous si nous les laissons mourir. Chut !

Mme Sterb restait interdite. La femme regardait fixement la porte ouverte.

— Voilà ! Il est parti. Il ne doit pas être fier.

Elle ôta son chapeau et Mme Sterb crut bien dire en les assurant que l'on allait dresser une statue dans la ville en mémoire de Jules Bouc qui était mort de sa belle mort.

— La mort est belle ? demanda Thérèse.

La surveillante vint annoncer la fin des visites.

— Votre guitare est un enchantement, Madeleine. Hélas, je ne peux jamais l'écouter. Je ne sais pas où donner de la tête. Nous avons eu à quatre heures une nouvelle arrivée. Nous sommes en pleine expansion. Je vous entendais de mon bureau. Comment va le docteur ? Je ne serai pas du bridge, mercredi. Je ne pourrai pas poursuivre le tournoi !

— Vous êtes des nôtres, dit la dame au chapeau, vous jouerez ici. Vous remplacerez Thérèse qui ne fait pas attention et laisse tomber ses cartes, ce qui fausse toujours la partie, mais vous, madame qui êtes de la famille, dites bien à Valentin Thouin que je n'oublierai pas combien il m'a manqué. On ne dirige pas une population en se retirant d'elle !

— Calmez-vous, dit la surveillante.

— Je suis on ne peut plus calme, mais il était là dans la porte et il a fait demi-tour sans crier gare, alors que j'ai des choses importantes à dire. J'ai très bien connu le poète qu'il a laissé mourir. Il se portait comme un bois dont on fait les lyres.

— Vous raconterez cela plus tard, dit doucement la surveillante. Ce n'est plus l'heure. Madame Sterb, il faut partir.

— Une minute encore, s'il vous plaît ? J'ai fait de la musique au lieu de les écouter.

— Absolument comme vous et moi, enchaînait l'autre. Nous vivions pour ainsi dire sur le même palier. J'avais mes chats, lui ses oiseaux. Nous emportions tout notre petit monde au jardin public.

— Un beau vieillard, fin, la moustache en accroche-cœur, un nez superbe ? demanda Mme Sterb.

— Et d'une jeunesse ! Vous comprenez que ce n'est pas possible qu'un homme comme cela disparaisse. Et tout était à lui, le jardin public, l'immeuble où nous habitions. C'est bien simple, tous les locataires lui ressemblaient. Il m'arrivait de rentrer du marché et de le voir à toutes les fenêtres. Il était dix, vingt, à me faire le même signe de la main, une main qui écrivait nos pensées, car madame la Surveillante peut le dire, nous avons tous les mêmes pensées. Un seul suffit à les écrire. Quand un homme écrit, c'est toute l'histoire du monde.

— Naturellement, dit la surveillante en entraînant Mme Sterb dans les couloirs qui sentaient la mie de pain. Il ne faut pas faire attention. Elles n'ont qu'un défaut, c'est de ne jamais finir.

Sur la route du retour, Mme Sterb marchait comme tous les dimanches soir en somnambule, sans pouvoir se déprendre de Thérèse et de ses amies qui étaient là, autour d'elle, à poursuivre leur envoûtement. Elle faisait alors un long crochet pour rentrer chez elle car la marche seule la défaisait de cette emprise, mais dans chaque maison, dans chaque rue les visages qu'elle rencontrait lui envoyaient le même regard que celui de Thérèse et de ses compagnes, lui tenaient encore les mêmes propos. Elle se rendit du côté de l'écluse et du barrage dont le bruit finissait par la laver. Elle s'apaisa, mais lourde, amarrée dans son eau la plus profonde, sérieuse et fermée, pareille à l'une de ces péniches serrant la rive du fleuve indifférent, sans pavillon, à bout de course et dans le refus de tout voyage.

— Alors, dit la voix du docteur Sterb, comment va-t-elle ?

— Bien.

— Je me demande parfois si elle n'est pas heureuse. C'est l'homme de l'art qui parle.

— Peut-être.

— Plus je vais plus je pense que le bonheur exige l'ombre.

— La surveillante abandonne le tournoi, dit Mme Sterb que Thérèse envahissait de nouveau.

— Nous vivons un métier infernal !

Il était à plat ventre sur le sol du petit salon, le plan de la bataille d'Eylau sous le menton, et remettait droit, à bout de bras, un porte-étendard prussien.

— C'est la plus difficile que j'aie composée, dit-il d'une voix d'état-major étroite et sans plis. Victoire indécise d'ailleurs, Piot Ivanovitch Bagration s'en est bien tiré. Il est là-bas sous le bonheur-du-jour. Remarquable tacticien.

Dans l'escalier le téléphone sonna deux petits coups. Il était branché sur le répondeur. La paix régnait sur Eylau. Sterb déplaça un caisson d'artillerie qui versa et répandit de minuscules obus brillants.

— Où ai-je mis l'aimant ? Passe-moi l'aimant ! dit-il avec impatience.

— Il est sous ton nez. Figure-toi qu'à l'asile on parle aussi du poète.

— Ce n'est pas un asile, dit le médecin, mais une maison de repos. La preuve ! On y tient des conversations incohérentes, certes, mais pas plus qu'ailleurs. Je dirais même plus libres.

— Mais Thérèse rentre de plus en plus en elle-même, il me semble.

— Ecoute, dit-il en se relevant et montrant d'un geste napoléonien les corps d'armée, ne gâche pas le plaisir d'avoir fait ton devoir. Regarde Eylau, ils sont tous prêts à la mêlée, ils ne savent rien du sort de la bataille. Moi, je sais et je ne pourrai jamais rien y changer. Il faudra que je rapporte de Paris quelques bouleaux et des buissons. Ça manque. Un peu de verdure exalte. C'est comme ton Jules Bouc pour Thérèse.

— Ce n'est pas mon Jules Bouc.

— Naturellement, Madeleine ! Il est à tous. Il entre partout, même si l'on n'en sait pas grand-chose. Une fumée, dès qu'il y a une porte, passe dessous. Eylau dit quelque chose à tout le monde. Bien peu sauraient ouvrir ces deux syllabes et en extraire le sang. Je ne sais pas comment est née cette rumeur, mais chaque patient m'en parle. Certains en oublient même leur malaise.

— Il y a donc quelque chose de bon ! dit sèchement Mme Sterb.

— Nocquoÿ, comme Thérèse, est paraphrène. Elles manquent d'imaginaire. Ne touchons pas à leur délire. Que la pauvre enfant vienne dormir ici.

Au loin, le téléphone eut encore deux grêles sonneries et l'enregistreur ronronna.

— Je risque d'avoir une nuit chargée, dit le docteur Sterb.

Mme Sterb ne se méprit pas.

— Ton amie Germaine a maintenant la Présidence de la Croix-Rouge, tu la féliciteras.

— Si j'ai le temps de la voir entre deux visites !

— Mais tu auras le temps, j'en suis sûre !

— C'est étrange, Madeleine, comme cette vieille histoire te remonte tous les dimanches ! Mme Estrellas n'est plus qu'une amie.

— Je me demande toujours comment tu as pu ! Un pareil lézard !

Pour éviter le chapelet de reptiles qu'elle allait lâcher, le docteur Sterb mit dans l'électrophone une cassette de marches militaires et alluma deux torches à faisceau tournant. Les armées qui occupaient le sol frémirent. Madeleine prit son paquet de cigarettes et sortit en même temps de sa poche un imprimé qui tomba.

— Tu découpes les journaux, maintenant ?

Qui pouvait bien avoir glissé cette coupure ? Thérèse ? La dame au chapeau ? Elle la ramassa et lut :

— « De grandes fêtes se préparent dans notre bonne ville. Chacun est dans la fièvre. Toujours, la veille des réussites ! Hélas, nous avons à déplorer certains dévoiements. Faut-il mettre au compte de l'excitation générale les gestes criminels qui jettent un sombre voile sur cette statue dont nous rêvons ? » Baisse la musique ! dit Madeleine avant de poursuivre. « Après une reconstitution minutieuse due au talent de notre éminent médecin légiste le docteur Cueillette et au zèle de notre corps de police, les macabres morceaux découverts aux quatre coins de la ville auxquels il manquait la tête, découverte hier dans une poubelle du quartier Saint-Martin, nous mettent en présence du cadavre découpé d'un vieillard dont on n'a pu encore déceler l'identité et qui réclame encore un pied. On aime à croire que le, ou les meurtriers, ne pourrait être qu'un étranger à Nocquoÿ si soucieuse de ses vieillards et qui s'apprête à honorer le plus grand d'entre eux. On frémit à l'idée que Jules Bouc aurait pu se voir un jour dépecer de la sorte et l'on remercie la Providence que le destin se soit si cruellement acharné sur un autre. Toutefois, le crime est là si la malfaisance a frappé un discret inconnu. Souhaitons que cette malheureuse victime puisse nous donner son nom et devenir à son tour par la balance de la justice et l'atrocité même de sa fin ce que d'aucuns appellent un passant considérable. L'enquête continue. »

— C'est le journal de samedi, dit Sterb. Cueillette m'en a parlé. Les débris sont en décomposition très avancée, comme il les aime. Je remarque que Thérèse s'intéresse aux crimes. Elle est pourtant tenue à l'écart. L'homme est décidément une drôle de machine.

— On ne devrait jamais parler de ces choses, dit Madeleine. Nous n'avons aucune tenue. Quel déballage ! Pourquoi leur laisse-t-on lire ça ?

— Parce qu'on l'imprime.

— Ce n'est pas Thérèse qui m'a glissé cette coupure, elle qui n'aime que la danse ! C'était un si beau dimanche !

— Tu es trop sensible, dit le docteur Sterb en remettant à plein le cri des trompettes et le roulement des tambours.

Il coupa les lumières tournantes et projeta sur l'immense mêlée un rayon rougeâtre et rasant. La bataille semblait se perdre au-delà du mur gris dans l'espace sans limites.

Madeleine le regarda s'asseoir à la turque et se vider de toute pensée. Elle descendit à la cuisine, assez heureuse d'être sans domestique jusqu'au lendemain matin. Elle allait boire du lait, croquer pomme sur pomme, préparer une assiette pour le docteur qui descendrait Dieu sait quand et qui viendrait beaucoup plus tard lui donner un baiser sur le front, fût-elle endormie dans son lit jumeau. Peut-être ferait-elle aussi celle qui dort ? Elle le verrait alors venir ouvrir sur la table aux somnifères le livre qu'elle est en train de lire. Il est comme ça. Il déplace le signet, parcourt une page, remet le tout en place. Le lendemain, il me demande de lui raconter l'histoire. Je le verrai s'efforcer de caser au bon endroit les quelques lignes qu'il a lues. Il sourira. J'ai épousé un homme heureux. Il ne m'a pas fait d'enfants. J'ai ceux des autres. Je leur donne ce que j'ai de meilleur, savoir poser les mains sur une guitare. Je ne donne pas de leçons, mais mon seul amour. Demain, le fils du luthier de la rue des Carmes, la fille de Benoît-Pot, une bien belle enfant, elle n'est pas de lui, mais douée, elle me quittera vite. Et à trois heures, Edouard a son heure creuse.

Mme Sterb s'étira. La marche impériale venait heurter la porte de la chambre. Paris se dessinait au plafond. La porte du sommeil était au bas des tours, des dômes, des opéras dont brûle l'intérieur d'or, et l'eau passait sous des ponts et des ponts.

Avec son ciel droit et le petit jardin en coussin derrière l'atelier de Dièze, l'été ressemblait à une chaise. Le bonheur y était assis. Dièze que la lumière aveuglait le voyait prendre la forme d'une femme gigantesque, d'une Jeanne plus forte que tous les dieux, leur mère, la mère du monde. Je n'aurai pas assez de cent vies pour la tailler, la polir. Que fait-elle ? Toujours en retard ! Pourquoi ?

Dièze s'agenouilla au seuil de l'herbe et sut qu'il aimait. Les feuilles du cerisier, du pommier, du chêne et du tremble qu'il avait plantés drapaient la chair adorable. Le vent en frisait les robes, et Dièze dans la poitrine de Madame Luge, immense et dorée, n'était plus qu'un cœur. Le sang lui arrivait des contrées les plus lointaines et il le renvoyait en pluie dans l'intérieur magnifique.

Peut-elle le comprendre ? Il ne s'agit plus d'une petite mécanique, Jeanne, même à répétition ! Evidemment, j'ai tout fait pour que tu croies cela, quelle erreur ! Oublie cet engin ! Que je t'explique ! Il ne s'agit pas de t'enlacer, de te mordre, de t'ouvrir, je ne vais pas te toucher, aujourd'hui. J'aborde un nouveau monde.

— Tu parles tout seul ?

Il se releva. Jeanne venait de traverser sans bruit l'atelier.

Elle portait une robe transparente où vivait une rose, un canotier garni d'alouettes. Du sac en toile qu'elle avait à l'épaule sortait le goulot à capsule rouge d'une bouteille.

— Du quinquina, dit-elle. Luge en a reçu du Pérou. Je te vois fiévreux depuis quelque temps.

Elle lui saisit les mains et s'agenouilla.

— Non, dit Dièze, pas aujourd'hui.

— Ça t'enlèverait tes soucis, dit-elle, que se passe-t-il ?

Il rentra dans l'atelier et déboucha le quinquina.

— C'est toujours cette statue qui te ronge ?

— Tout est fait. Regarde.

Il désignait le nu couché et offert pour lequel elle avait posé.

— Je l'arrime simplement sur le cheval.

Jeanne se tourna vers la grande bête en plâtre aux naseaux dilatés qui enluminait le fond de l'atelier.

— Nom d'un cul de bouteille, tu ne le vois pas ? dit-il sèchement. Tu es au centre de la plus belle place et tu ordonnes la terre. Toi en marbre blanc, la monture verte.

— Et tu graveras Jules Bouc ?

— Je cisèlerai tout le socle de graffiti. Tout ce que le désir peut inventer !

Jeanne mit un baiser dans le cou de Dièze, il recula. Dans ses fougues habituelles il ne lui avait jamais fait peur, même avec ses yeux de bête, ses morsures, ses coups et des râles qui n'en finissaient plus, mais là !

— A notre sculpture, dit-il en levant son verre.

Ils burent et Jeanne pensa que la crise mystique s'éloignait. Elle fut bientôt nue et s'allongea sur le canapé défoncé par tant de folies, mais l'amant restait à sa planche posée sur deux tréteaux et prenait l'un de ses longs crayons plats qui la mettaient mal à l'aise, un crayon pour elle devant être cylindrique.

— Viens, dit-elle. Je n'ai pas beaucoup de temps aujourd'hui.

— Tu le prendras. Tu vas me dicter les inscriptions du socle.

Ce n'est pas possible ? Il se paye ma tête ! Qu'est-ce qu'il a mangé qui ne passe pas ?

— Excuse-moi, dit-elle, mais quand tu auras repris ta bonne humeur tu me feras signe.

Elle fut debout et revêtue en un instant.

— C'est mieux comme ça, dit-il. Je t'écoute. Où vas-tu ?

— Je pars.

Il ne comprit jamais pourquoi sa main était partie avec une telle force. Jeanne en perdit l'équilibre et tenta de fuir. Dièze la fit retomber d'une gifle magistrale. Elle ne bougeait plus et se tenait le menton.

— Je n'avais pas encore connu ça, dit-elle avec un regard étrange. Dans quel état est ma robe, maintenant !

— Il ne fallait pas la remettre.

— Je ne reviendrai plus.

— Ce n'est pas la peine, en effet. Il me manque simplement ces phrases que j'aimerais graver et qui seront notre testament, veux-tu ?

— Je ne suis plus en état.

— Fais un effort.

Il versa de nouveaux verres de quinquina et le calme revint. Jeanne s'était assise sur son marbre. La lumière soulevait le petit jardin. Les têtes dans l'ombre de l'atelier avaient un air de tribunal. L'air même était en suspens, les grands rideaux et les voiles immobiles.

— Je t'aime à la folie, dit Jeanne.

— C'est idiot, dit Dièze. On ne dit pas ça, tu ne m'as jamais dit ça, moi non plus.

— Je ne sais pas. A toi pour la vie ?

— Non, il faut que ça vibre ! Que ce soit un vol ! Tu écris ça la nuit, vite, avant qu'on ne te surprenne !

— Qu'est-ce que tu écrirais, toi ? Qu'est-ce que tu dirais ?

— Ton cul, Jeanne. Par exemple.

— Viens !

— C'est cela, gravé profond : « Viens ! » Mets-moi une heure là-dessus !

— Ce soir, entre dix et onze.

— Oui, bien !

— Salaud !

— Très bien ! Donne-m'en d'autres !

— Putain !

— Parfait. Couvre-moi le socle. Il en faut partout !

— Comme des chiens !

— N'arrête plus, Jeanne !

Elle le regarda inquiète. Il écrivait en écolier. Mon Dieu, on fréquente, on croit les connaître et l'on ne sait rien d'eux ! Un beau jour, l'âme se lézarde et l'on découvre un torchis !

— Nous tirerons quelques prénoms au sort. Ils sont tous beaux.

— Mets-nous plein de Jules, c'est l'occasion !

— Et j'essaierai toutes les écritures, d'enfantines en lettres majuscules, de graves en petites cursives. Je noterai tous les jours de la semaine. Je graverai les vingt-quatre heures. En plusieurs langues, naturellement. Sache comment on dit l'oiseau en russe, en espagnol, en danois, comment on dit la chatte en tibétain.

— Je demanderai à Luge, dit Jeanne.

— Comment on dit : « Retourne-toi ! » dans les Cyclades. Demande tout ! Donne-moi tout. Tiens ? Je note : tout.

— Tu m'as fait mal ! dit-elle avec le ton de quelqu'un qui a oublié et soudain se rappelle. Arrête de boire ! Et après tout, fais ce que tu veux !

— C'est ma devise, dit Dièze. Il m'arrive simplement de ne pas toujours savoir ce que je veux. Je te demande pardon, Madame Luge. C'est très curieux ce qui vient d'arriver. J'ai sculpté ma colère, tu saisis ? Je me suis délivré.

— De moi ?

— Il arrive un moment où l'œuvre, le corps à corps, est achevée. Tu regardes de loin.

— Il y a eu Madame Luge ? dit-elle d'un ton pincé.

L'orgueil l'empêchait de pleurer, bien qu'elle en eût envie. Mieux valait donner le change, mais ses joues la brûlaient, une dent lui donnait des coups de lance et son œil droit prenait un poids de fonte. Dièze n'avait pas le souvenir d'avoir ressenti un tel calme. Il n'avait qu'un désir, celui d'une conversation normale, comme il n'en avait jamais eue, avec Jeanne.

— Sans compter, dit-il, que ton nu et le cheval sont proportionnés. Ils ne peuvent plus désormais aller l'un sans l'autre. Le poète porte l'amour qui se donne à tous. Si jamais Jules Bouc peut m'entendre qu'il sache que je le bénis !

— Il serait peut-être fier de ton œuvre, mais pas de toi !

— C'est l'essentiel. Je ne tiens pas non plus à savoir sa vie. Je l'ai dit à Germaine Estrellas, l'autre jour.

— Elle est venue ici ?

— Oui, et elle était d'accord. Elle aime beaucoup ton marbre. « Né de vos chienneries avec la belle Luge, m'a-t-elle fait remarquer. Vous voyez que le fumier n'a rien à voir avec la fleur. »

Jeanne avait sorti son mouchoir et le passait sous le robinet de l'évier, près d'un Homère qui ressemblait à

Thouin et à Dièze. Elle l'appliqua en compresse sur son œil. Pourquoi ne suis-je pas encore partie ? Avec Desainte, avec Hérissart, je n'ai jamais rien connu de tel ! Avec Luge, c'est impensable. Pourquoi ai-je envie de rester ?

— Et à part ça ? demanda-t-il comme si la scène qui venait de se passer n'avait rien que de négligeable. Sors-tu triomphante de ton tournoi de bridge ?

Elle le regarda un instant, le provocateur ! mais il tournait autour de la statue, l'œil plissé, les lèvres mordant sa barbe. Il prit un chiffon et se mit à essuyer le marbre.

— J'ai parfois envie de remercier le ciel, dit-il. La vie m'étonne de plus en plus. Nous sommes idiots de la réduire à une suite de petits jeux, comme ce bridge !

— Tu n'y viens pas, on ne te force pas, laisse les autres se distraire comme ils l'entendent. D'ailleurs, j'ai fait le mort la plupart du temps. Luge, mercredi, avait cinq tables. Cueillette aussi a fait souvent le mort, et les cinq morts autour du bar ne parlaient que de ce cadavre horriblement découpé et presque reconstitué. A la fin de la soirée la conversation générale n'a roulé que là-dessus. Toi qui as l'air de penser plus haut que les autres tu aurais eu de quoi te satisfaire. Nous avons fait un tour du côté de l'éternité.

— Je crois entendre Charmin !

— Il est venu. Il est très fort. Avant de nous séparer il nous a lu quelques vers de Jules Bouc, précisant qu'il les avait reconstitués comme Cueillette le vieillard dépecé. C'était un peu triste, mais si tu les avais dits, toi, avec ta voix magnifique ! Oh, Dièze, pourquoi me fais-tu tant de mal ? Pourquoi es-tu imprévisible ? Je plains la personne qui va me succéder.

— Quelle personne ?

— Parce que je ne viendrai plus, parce que tu me jettes à la porte ! Toi et ta force il faudra bien que vous passiez vos fantaisies sur une innocente ! Parce que je suis venue ici en toute simplicité, sache-le ! en ne pensant qu'à t'aider, en risquant de faire mal à Luge qui ne le mérite pas.

— Il ne mérite rien, dit Dièze.

— Pas plus que les autres à t'entendre ! Mais ce sont tous les Luge de la terre qui vont aller admirer ta statue ! Tu n'es qu'un ingrat, un triste !

Jeanne frappa le sol d'un coup de semelle.

— Tu ne diras jamais tous mes défauts. Veux-tu que je t'aide ? dit-il.

Il essayait encore de tenir. Il avait fait le plus gros pour rompre. J'ai tort de répondre. On devrait se fermer une bonne fois à double tour, mais qu'elle est belle ! Les jambes de Jeanne en contre-jour sous la robe de mousseline et légèrement écartées redevenaient le compas du diable, un individu qui ne lâche pas prise, qui ne vous laisse pas la liberté que Dieu seul sait donner ! Depuis des semaines qu'il voulait vivre enfin au-dessus de la ceinture, Dièze recommençait à suffoquer.

— Va t'allonger dans l'herbe, dit-elle, ne pense plus à rien. Tu as eu une crise, voilà tout. Je la sentais venir. Je me suis souvent demandé pourquoi tu t'intéressais à moi. Evidemment, je suis venue te chercher, mais enfin, avec Hérissart, avec Desainte, je m'ennuyais.

— Et avec Luge ?

— Ce n'est pas le même ennui. Il y a les romans et il y a le missel. Le missel est une obligation. Toutes les obligations sont ennuyeuses, mais quand tu ouvres un roman ce n'est pas pour y trouver une obligation. S'il ne t'emporte pas, tu le refermes, tu le laisses sur un banc de jardin public, dans le train.

— J'ai trouvé une fois *La Chartreuse de Parme,* dit Dièze, dans le rapide de Vintimille. Oui, Madame.

Il était passé de l'ombre au soleil, devant Jeanne qui se tenait dans la porte, les talons joints, son sac en toile tenu à deux mains sur le ventre comme une pensionnaire. La sueur dessinait un arbre au dos de la chemise de Dièze, plus sombre sur le lin bleu que le cerisier sur le ciel. Il se retourna et lui tendit la main. Ils s'assirent sur l'herbe. Il en arracha un brin, le coinca entre ses pouces, souffla, en tira une vibration déchirante. Jeanne le regardait. Elle ressemblait à toutes les premières cousines, et les alouettes glissaient sur son chapeau de travers.

— Thouin fait des difficultés pour débloquer les fonds, dit-il. Au juste, il voudrait que j'offre la statue.

— On en a parlé au bridge. Chacun le trouve mesquin, mais il dégagera ce qu'il faut. Le vrai, c'est qu'il est jaloux de toi. Tu t'imagines quand tu vas proposer ta nouvelle version ! Avec mon marbre !

— Ce sera cela ou rien, dit Dièze. Nos culbutes n'ont eu de raison d'être que d'accoucher de ce marbre et notre amour sera sur la plus belle place, visible et invisible. C'est ce que je me disais quand tu es arrivée : plus haut que nous, oh oui, plus haut que nous !

Des larmes lui montaient aux yeux et Jeanne qui n'avait jamais vu cela en restait interdite. Elle lui demanda s'il avait mal et comme il ne répondait pas elle se leva, traversa l'atelier et ouvrit la porte de l'impasse. Dièze avait la taille d'un ours, là-bas, dans le soleil. Il ne bougeait plus. Le mieux, c'est d'aller demain pour de vrai écouter la conférence sur la faim dans le monde, au Grand Théâtre, de tenir bon quelques jours. C'est bien le diable s'il ne vient pas me rechercher ! Plus elle s'éloignait, plus le fil qui la reliait à Dièze et qu'elle avait cru cassé redevenait solide. Elle ne rentra pas directement à la pharmacie, mais en dessinant un labyrinthe imprévu qui l'eût fait songer à Ariane et au

Minotaure si la pensée de montrer à Nocquoÿ sa nouvelle tenue d'été ne l'eût entièrement occupée. Elle sentait les regards, derrière elle, des passants qui affectaient de ne pas la voir pour se retourner aussitôt, et elle marchait par tours et détours le plus possible vers le soleil pour que ses jambes pussent se faire désirer en contre-jour. Jean-Paul Benoît-Pot, de la Banque des Bons Apôtres, un tout petit homme très fin cerclé d'or, sortit d'entre les hercules en cariatides sous le fronton de la porte centrale.

— Mes hommages, Madame Luge. Quel temps, croyez-vous ? Je le disais à ma secrétaire : A-t-on le droit de rester à l'ombre dans des heures aussi éclatantes ? J'ai trente employés, trois suffisent à faire tourner la maison avec les nouvelles machines... Je vais en mettre vingt-sept au soleil. C'est mon jour de bonté. Vos alouettes sont charmantes. Voulez-vous profiter de ma voiture ? Si vous n'êtes pas pressée, je vais faire un tour en forêt. Une confidence que je n'ai jamais faite à personne : mon arrière-grand-père qui a fondé la banque, mon grand-père et mon regretté père allaient y puiser leurs idées, s'y ressourcer. Je vais vous dévoiler le secret des Benoît-Pot.

Jeanne prit place dans la lourde voiture allemande qui paraissait neuve et hors d'âge. Elle baissa la vitre de façon qu'on la vît bien passer à petite allure dans les étroites rues au côté du directeur de la Banque des Bons Apôtres, une qui a les reins solides, avec ses gros calculs, qui gère les biens ecclésiastiques de toute la province et au-delà, et ceux des sucriers. Ne dit-on pas qu'elle a dans ses coffres la manne des plus gros contribuables de l'Hexagone ?

Ils arrivèrent au carrefour du Puits du Roy, dans la haute futaie qui soutenait un ciel pailleté. Jeanne y était venue souvent à bicyclette dans sa jeunesse pour suivre les chasses à courre, et la petite maison du garde au toit pointu, aux murs passés à la chaux dans son enceinte de grillages, l'avait toujours fait rêver.

— Elle est à vous ?

— Par privilège spécial, depuis un siècle et demi, oui. Et le secret, le voici.

Il ouvrit le coffre de la voiture et en sortit une vieille poupée au visage en porcelaine, dans une fragile robe romantique et chaussée de ballerines de peau usées, d'un rose d'argent.

— Benoît-Pot Ier jouait avec elle, déjà. Il nous l'a transmise. Il lui confiait ses doutes, lui demandait conseil. Son propre père qui fut commissaire aux fournitures sous l'Empire et dont la femme a laissé des Mémoires s'étonnait de voir son fils jouer à la poupée jusqu'à l'âge de la conscription à laquelle naturellement il fut soustrait. Ses descendants ont gardé le talisman. Elle ne me quitte jamais. Elle a fait le tour du monde. Je lui ai montré Wall Street, cette prodigieuse tranchée, cette pluie étroite de pierres vers le ciel ! J'en ai pleuré. Je vous dis ces larmes, je ne sais pourquoi, je n'en ai même jamais parlé à ma femme, mais je sens que vous, vous me comprenez. Je vous vois quelquefois passer devant les Bons Apôtres. Je vous verrais plus souvent si M. Luge avait un compte ouvert chez nous ! mais oui, sourions, ce n'est qu'un regret de compliment.

Benoît-Pot tenait la poupée comme un chasseur un lapin, par les pattes.

— Elle s'appelle comment ?

— Poupée, dit-il, mais chacun de nous, dans son cœur, lui donne le nom qu'il veut. Il m'arrive d'en changer, selon l'inspiration.

Il ouvrit la maison du garde. Il y faisait un froid de cave. Une petite croix de bois noir en était le seul ornement. Deux chaises de paille, un lit de sangle, une table de nuit et un bougeoir à la chandelle consumée évoquaient la cellule d'une sainte.

— C'est un lieu de pensée, vous voyez. Vous avez déjà l'air réfléchi. Croyez-vous au hasard ? Moi, non. C'est le ciel qui a voulu cette rencontre.

Jeanne regarda la lumière en porte d'or à la maison du garde et frissonna. Le baiser, un autre, la suite de naissants suçons que lui faisait Benoît-Pot le long du bras, du poignet à l'épaule, de lèvres incroyablement douces, elle ne connaissait pas encore. C'était vraiment un jour où elle allait de découverte en découverte. Le regard de Poupée sur la table de nuit s'égarait quelque part dans la suite des temps. Sans sourire et sans gravité elle paraissait avoir déjà tout vu. Pourquoi aurait-elle fermé les yeux ?

Une petite heure après, comme le banquier la ramenait d'un train de sénateur, une main au volant et l'autre sur la cuisse de Jeanne, les vieux fauves après le triomphe gardent nonchalamment une patte sur la dépouille de leur proie, Madame Luge s'étonna tout à coup de lui demander, mais c'était pressant comme un remords, s'il ne trouverait pas glorieux d'être le mécène du plus grand artiste de Nocquoÿ ?

— Vous êtes son modèle ? Vous posiez nue ?

— Mon marbre sera sur le cheval, oui nue bien sûr. Ainsi, vous ne m'oublierez jamais.

La forêt se retira derrière eux et la ville paraissait attendre.

De l'église Saint-Martin, l'étroite rue de l'Echelle descend jusqu'au fleuve. Le matin, l'eau court dans la rigole centrale aux heures de voirie, mais il arrive qu'Hadjar, le balayeur cousin d'Ahmed, la ranime hors service avec sa grande clé pour le plaisir des enfants. Aurélien, Cassius et Céline vont parfois le réveiller dans son appentis, au fond de la cour de la couscousserie, où il dort près de la poussette aux balais, des seaux, et de la grande clé. Hadjar ce matin-là descendit en compagnie des petits et suivit la course des bateaux de papier qui portaient leurs prénoms. Le Céline partait toujours en dernier dans cette régate. Mais pour couronner le vainqueur il fallait attendre la fourche de la rigole dont une branche, au bas de la randonnée, part vers l'aval et l'autre vers l'amont, et se perd dans les égouts du quai. Le tout était de décider avant le départ du côté à prendre pour gagner et d'aller de toute façon sauver son navire de l'un ou de l'autre gouffre, de le saisir avant la chute dans l'inconnu. Des passants s'arrêtaient pour regarder filer les dansants esquifs et quelque chose de tendre et sans retour les saisissait qui est le souvenir du bonheur. M. Charmin qui était allé chercher une rime le long du fleuve, du moins faisait-il semblant de le croire pour obliger sa paresse, remontait la rue de l'Echelle en baisant de son geste familier l'émeraude de sa chevalière quand le Cassius, l'Aurélien et le Céline lui filèrent sous le nez, vent arrière. Il attendit qu'ils disparussent à la queue leu leu, mystérieusement séparés à la fourche. La lumière se brisait en mille éclats sur le fleuve. Charmin ferma les yeux, les rouvrit : les maisons penchaient. Il dut s'appuyer au premier mur et déboutonner son gilet. Une pieuvre venait de se retourner dans sa poitrine, de lancer ses tentacules jusqu'aux poignets et aux chevilles, et l'immonde se rétracta. La masse molle s'affaissa sur les pavés.

— Eh bien ? dit M. Luge. Eh bien ?

M. Charmin était allongé sur le sol de la pharmacie et l'autre monde lui parut un instant fait de rayons pleins de petites boîtes. Il y avait aussi un tourniquet garni de lunettes de soleil. Ça sentait l'éther.

— Bonjour, dit-il.

— Une attaque, monsieur Charmin ! On vous a ramassé.

— Par bonheur, je passais par là, dit Hérissart. J'ai vu l'attroupement, mon camion au bas de la rue.

— Conduisez-le chez Sterb, dit Luge. Le grand danger est passé.

Jeanne Luge arrivait avec une chaise. Ils assirent le bibliothécaire.

— Ce n'est rien, dit-il. Je vais marcher.

Il essaya en vain de se lever et s'excusa d'être ainsi déboutonné. Il rajusta son gilet d'une main tremblante.

— Ce n'est pas le moment de nous jouer un vilain tour, dit Jeanne en souriant.

— Surtout que je n'en suis qu'au premier sonnet.

— Quel sonnet ? fit Hérissart.

— La reconstitution de Jules Bouc, dit Jeanne. Enfin,

vous savez bien ! Mon bon Charmin, je vais vous accompagner chez Sterb. Je viens de le prévenir. En route, Hérissart !

— Les bateaux venaient de passer, dit Charmin.

— Naturellement, les bateaux, dit Hérissart en passant derrière la chaise. Il leva les sourcils et se vrilla discrètement un doigt sur la tempe. Tant qu'il y a des bateaux, il y a de la vie.

— Oui, dit Charmin. C'est après la mort qu'on n'y pense plus. Pourtant je me demande si Jules ne vous voit pas, si Jules n'a pas regardé avec moi les bateaux, les enfants et le balayeur.

— Quel balayeur ? demanda Hérissart.

— Je vous en prie, dit Luge, assez de problèmes. Aidez-moi à soulever notre ami.

— Ça va mieux, dit M. Charmin. Nous avons tous de ces petites offenses ! Le malaise est vraiment indécent. Je peux, je peux marcher.

Ils le firent monter dans le camion et Jeanne se glissa dans la cabine.

— Sincèrement, dit Hérissart, j'ai eu peur pour vous. Ah, nous voilà encore dans l'embouteillage du boulevard, et pourtant il n'y a plus de Lucie Macarelle pour nous arrêter !

— Aux dernières nouvelles, dit Charmin, elle a énormément de travail avec les coupures de presse. Est-ce bien utile de me conduire chez le docteur Sterb ? Je me sens tout à fait bien.

— Non, dit Jeanne, il faut être sérieux. Vous venez d'avoir une alerte. Prenons des précautions.

— Tâchez de tenir jusqu'aux fêtes ! dit Hérissart qui ne voulait pas être en reste.

— La statue est prête. Dièze vous en voudrait de ne pas faire le discours d'inauguration.

— J'y pense, dit Charmin, mais je crois que le mieux

serait que je lise les sonnets de Jules. Quelles paroles pourraient rivaliser avec son œuvre géniale ?

— Mais puisque c'est vous qui la réinventez ! dit-elle.

— Humblement, dit Charmin.

— On repart ! dit Hérissart en emballant son moteur. J'attends les plans de votre ami, Madame Luge, pour le socle.

— Humblement, répéta Charmin. Peut-être que le plus beau sort des poèmes est de finir ainsi en petits bateaux sur l'eau des rues.

Hérissart bougea le rétroviseur pour échanger un regard inquiet avec Jeanne, qui leva les sourcils. Un homme comme Hérissart, solide, un beau mâle qui vous traverse le monde avec un trente tonnes, on l'a près de soi, on rentre dans la vie à pleines mains, on le soulève, on le triture, on le soumet, et puis un jour on devient comme M. Charmin, pitoyable et hors service. Nous sommes peu de chose. Tout cela sur la même banquette. J'aurais tort de ne pas en profiter.

— Comment va Dièze ?

— Egal à lui-même, dit Jeanne. Il se suffit.

— Je ne vous l'ai jamais dit, mais vous formez un beau couple. Tout le monde l'envie.

— Quoi ? demanda Charmin.

— La beauté !

— J'ai été reine au concours départemental, dit Jeanne, mais aujourd'hui !

— Aujourd'hui, comme hier, dit Charmin.

— Vous allez bien, dit Hérissart. Nous allons remettre au docteur Sterb un ressuscité.

Ils firent entrer Charmin dans la salle d'attente où patientaient trois chaisières.

— Je vous ramène, Madame Luge ? demanda Hérissart en joignant les talons.

— Il le faut, dit Charmin en la poussant. Vous êtes dans la force de l'âge. Faites-vous des souvenirs ! Cueillez l'instant ! L'éternité commence quand cesse notre mémoire.

A peine grimpés dans la cabine, ils virent Charmin soulever le rideau et les saluer. Sa bague leur lança un rayon vert.

Les chaisières regardaient Charmin avec pitié. Il y a des gens si haut placés que l'on se demande comment ils peuvent être malades et faire la queue chez le médecin ! Sans compter que l'on se demande où il a pu se traîner pour être sale ainsi ! Certes, si nous connaissions leur vie privée ! Voilà un homme qu'aucune femme ne brosse, que pas un ami ne surveille ! Qu'est-ce qu'il peut bien avoir ? Il est cireux comme un coing, tapé comme une pomme, poilu comme une fraise et l'œil en gelée.

Les saintes femmes auraient bien voulu échanger d'autres impressions, mais la pudeur les retenait.

— Excusez-moi, mesdemoiselles, mais nous avons une urgence, dit le docteur Sterb qui venait d'entrer avec l'air égaré mais la vivacité d'une sentinelle.

Il tira le bibliothécaire par la main. Mme Sterb, aux aguets dans le coude de l'escalier, les regarda disparaître dans le cabinet de consultation.

— Cela vous est arrivé comment, monsieur Charmin ? En faisant un effort ? Au soleil ? Vous veniez de boire un alcool ? Vous êtes tombé ? Qu'est-ce qui est parti le premier ? Le bras ? La jambe ? L'œil ? Nous verrons après ce qui a précédé, c'est-à-dire, fumez-vous ? Trop de graisse ? Pas d'exercice ? Est-ce la première fois ? Des soucis ? Et du côté des femmes ? Lassitude ? Excès de veille ?

— Je regardais les bateaux descendre la rue de l'Echelle, dit Charmin.

— Nombreux ?
— Trois.
— Rue de l'Echelle ?
— Pleins à ras bord de mes souvenirs de jeunesse, tous les petits Charmin au bastingage et dans les vergues. En ce temps-là je faisais le tour du monde chaque matin. Je rapportais de mes voyages des trésors qui me font encore vivre.

Il sembla au docteur Sterb que les yeux du malade allongé nu sur la table de nickel s'embuaient. Il était penché sur lui et s'étonnait... C'était depuis des mois le premier individu parfaitement propre qu'il auscultait. D'ordinaire... mais passons. Il me raconte une histoire à dormir debout, mais faut-il pour cela qu'il aille rejoindre la cousine Thérèse ? Dès qu'ils se mettent à parler, tous autant qu'ils sont, il m'est bien difficile de les suivre. Oui ?

— Vous ne m'écoutiez pas, dit Charmin, ou plutôt il me semble que vous avez eu une absence. Vous m'avez quitté, n'est-ce pas ? C'est donc bon signe. Je n'ai rien ?
— Absolument rien, dit le docteur Sterb. Il faut simplement faire attention.
— Je ne fais que ça, dit Charmin. Enfin, Jules Bouc m'accapare beaucoup.
— Vous pouvez vous rhabiller.
— Nous entrons tous dans une vie qui finit par devenir la nôtre, dit Charmin en enfilant son caleçon. Vous, docteur, vous êtes un privilégié. Dix malades, dix vies. Vingt malades vingt vies. Vous en avez trop, mais c'est la vôtre et elle est à tout le monde.
— En effet, dit le docteur Sterb, je ne m'appartiens plus.
— Et quand vous vous retrouvez apparemment seul, le soir ? Une armée d'ombres vous entoure.
— Comment savez-vous ? Mme Sterb vous a dit ?

— Quoi donc ?

— Eylau.

M. Charmin se demanda si le docteur Sterb n'était pas en surmenage. On confie sa vie à qui ne sait que faire de la sienne ! Enfin, l'important c'est ce sourire qui vous accueille, cette main qui serre la vôtre. Le reste !

— Vous avez un moment ? demanda le docteur. Deux étages d'escalier ne vous font pas peur ? Nous monterons lentement. Sans faire de bruit. Les chaisières attendent. Elles aiment ça. Avez-vous remarqué que la vie de la plupart n'est qu'attente ? Une poignée cherche... la masse attend.

Ils franchirent le palier du premier. Deux guitares se becquetaient derrière une porte. On eût dit des oiseaux amoureux, maigres et retors.

— Ma femme s'épuise, dit à voix basse le docteur Sterb.

— Sa peine bien-aimée la fortifie ! Le plus net des rivaux de Jules Bouc l'a fait graver dans la pierre. J'ai moi-même songé à quelque inscription sur le socle de notre poète. J'en parlerai au prochain conseil.

Ils arrivèrent sur le champ de bataille étiré dans la pénombre.

— Tous ces morts font ma vie, dit Sterb d'une voix d'outre-tombe. Je ne me repose qu'ici. Asseyez-vous.

— Sur quoi ?

— A terre.

Il aida M. Charmin dont les os craquèrent.

— La terre n'est belle qu'à ras de terre. Que diriez-vous d'un doigt de malt ? C'est bon pour les coronaires. J'en ai une bouteille derrière le corps des Hanovriens. Ne le dévoilez pas à Mme Sterb. L'idée d'un petit verre l'enivre. Vous avez tous mes secrets.

Ils burent et le médecin mit en sourdine la musique militaire.

— Eylau ! Vous n'avez pas oublié le cimetière autour de l'église ? demanda Charmin. Que faites-vous ?

— Il manque un peu de neige.

Sterb plongea dans la réserve derrière le petit bois, en sortit un paquet de talc, mit en marche la lampe tournante et saupoudra délicatement, de plusieurs pluies, la plaine où tant de pauvres bougres à belles couleurs allaient mourir.

— « Des jets d'éclairs mêlés à des plumes de cygne », dit M. Charmin.

— Tout à fait ça, dit Sterb, c'est de vous ?

— Quand je m'appelais Hugo, oui.

Ils gardèrent un long silence, le bibliothécaire sentit une nouvelle griffe dans sa poitrine, mais la douleur disparut aussitôt.

— Mon arrière-grand-mère Eugénie, dit-il, sa mère eut pour amant un rescapé d'Eylau. C'était son garde-chasse, qui revint sur une seule jambe. On appelait cette aïeule la marâtre. Elle l'épousa par la suite. Je le vois.

M. Charmin désignait du doigt l'une des ombres de la bataille et poursuivit :

— Le temps est petit. Quand j'ai pris en charge la bibliothèque, ma première visiteuse avait presque un siècle et lisait avec une loupe. Nous entrâmes en confidence. Il suffit d'être entouré de livres. « Je suis une enfant de vieux, dit-elle, tradition de famille. J'entends encore mon grand-père qui vit Louis XV perdre un talon dans la cour de Versailles et fouetter le pavé ! » Cette neige, ces tambours...

Mme Sterb pénétra dans la pièce.

— En reconduisant mon élève à la porte, les demoiselles Pinson ont sorti le nez de la salle d'attente et m'ont demandé où tu étais. Je leur ai dit que tu avais une urgence.

— En effet, dit le docteur Sterb. Monsieur Charmin, voulez-vous m'excuser ?

— Revenez vite !

— Non, Madeleine va vous reconduire. Je vais vous faire une ordonnance.

— Les demoiselles Pinson dont le père était chef de gare ? demanda Charmin. Que deviennent-elles ?

— Elles ne sortent jamais que toutes les trois et pour venir ici. C'est tantôt l'une, tantôt l'autre qui a un petit ennui. Elles ne peuvent pas se quitter, même quand j'ausculte, mais nous devons être au service des manies du patient, c'est le secret de la réussite.

— Est-ce que j'ai des manies ? demanda M. Charmin.

— Comme tout le monde !

— Voulez-vous que je vous laisse ? dit Mme Sterb.

Mais ils descendirent et le docteur Sterb devant Charmin qui commençait à s'inquiéter prescrivit recto verso de l'ordonnance huit sortes de pilules à prendre matin et soir, neuf potions avant les repas, grande ou petite cuillère selon, trois pommades en application locale et cinq recommandations d'hygiène qui visaient la mastication, la marche, la prise de poids, les maillots de corps et une suite d'interdictions dans le régime alimentaire.

— Je ne dois plus fumer ? demanda Charmin.

— Je fume bien, moi, dit Sterb. Qui vous en empêche ?

— Ah, je craignais d'abandonner mes pipes ! Merci, docteur. Ce sont de si bonnes amies. Regardez cette sirène !

Il tira de sa poche l'écume de tous les jaunes.

— Il faut bien mourir d'une façon ou d'une autre, dit le docteur Sterb, autant qu'elle soit agréable. Fumée des canons ou nuage de tabac. Evidemment, il y a la gloire !

— Ça vous travaille aussi ? demanda Charmin avec innocence.

On frappait à la porte. Les chaisières parurent dans l'entrebâillement.

— Les toilettes ?

— Au fond du couloir à gauche.

Elles l'enfilèrent ensemble et disparurent.

Mme Sterb avait une conduite intérieure d'un ancien modèle, mais confortable.

— N'allons pas directement à la bibliothèque, dit Charmin. Voulez-vous que nous fassions un crochet par le cimetière ? Voici des mois que je songe à me rendre sur la tombe de Jules et toujours mes pas me portent à l'opposé, vers le fleuve.

— Parce que vous ne le voyez pas mort, dit Madeleine. Au contraire vous l'immortalisez, et par là même Nocquoÿ, chacun de nous.

Il ne répondait pas et semblait s'assoupir, une main passée dans son gilet, à l'impériale. En coin dans la forêt, le jardin de pierre apparut. Des stèles dépassaient le mur, en alternance avec des cyprès. Moussu, le gardien qui avait hérité ce poste au décès de son oncle, reçut les visiteurs en manches de chemise. Il faisait passer son café près de la radio dont les ondes se chevauchaient. Mme Sterb entendit sur fond de chanteur de charme que l'on déplorait une fuite nucléaire, mais Moussu avait remis sa veste, sa casquette et coupa le son. Restait une odeur de pisse sur les murs.

— On ne me demande plus que le regretté Jules Bouc, dit Moussu, mais il n'a aucun monument, même pas une dalle ! Il est dans la fosse commune. J'ai consulté les registres. Nous ne sommes en possession que du jour et de l'heure, ce que l'intéressé ne sait jamais.

— Buvez votre café, dit Mme Sterb. Il va être triste !

— Je l'aime froid, dit Moussu. Venez voir mes fleurs. Je

soigne particulièrement la fosse commune. Elle a un parterre que bien des demeures bourgeoises envieraient.

— On demande donc beaucoup Jules Bouc ?

— Pas plus tard qu'hier j'ai eu la visite de Mlle Macarelle, avant-hier Mlle Ponchard, la semaine d'avant le verrier Sugères qui menait son fils. J'arrête, la ville défilerait ! Nous avons aussi la fontaine et le bassin. Le gamin a sorti un bateau de sa poche. Il y a de quoi les occuper. Si vous voulez bien me suivre...

Au détour d'une allée une troupe d'arrosoirs tournaient le bec vers la vasque où tombe un filet d'eau torsadé, en cordon de poêle. M. Charmin s'arrêta devant l'eau doucement agitée. La lumière s'y laissait danser en mille esquifs.

— Monsieur Charmin, dit Mme Sterb, vous avez de la peine ? Vous êtes pâle.

— Un peu le mal de mer.

— Toujours vos bateaux ?

— Oui, dit M. Charmin, l'arche de Noé, ce vieux monsieur qui sauva la chatte et l'oiseau.

Ils allèrent ensuite devant une longue dalle horizontale faite de plusieurs plaques que joint un galon d'herbe. Le nom de Jules Bouc se perd au milieu d'autres, avec un effacement digne de sa vie. M. Charmin s'en trouva conforté bien que sa gorge se serrât. Il prit la main de Mme Sterb, la baisa et se détourna du mur que frappait la lumière. Il passa en revue les cyprès en sentinelles et dans le jardin des ombres, choisissant la plus étroite pour l'épouser, à deux pas de la fontaine, il pria Mme Sterb de le laisser. Il rentrerait seul.

— Je ne savais pas que l'on pouvait être si bien, ici. On se fait sur tout de fausses idées. J'y reviendrai.

— Sûrement, dit Moussu.

M. Charmin s'assit sur une lame où l'on déchiffrait avec

peine deux dates et des regrets éternels. Il sortit sa blague à tabac, le briquet que lui avait offert Mlle Ponchard, un soir d'hiver, à la bibliothèque, roula en torche l'ordonnance du docteur Sterb et alluma la sirène.

Valentin Thouin se rendit à l'église Notre-Dame-des-Victoires, la plus proche de l'étude de Me Silentaire, et y fit brûler trois cierges, les moins chers, mais se ravisant il en prit un de plus gros format et l'alluma pour se mettre bien avec le ciel auquel il ne croyait guère à Nocquoÿ, mais Paris lui faisait peur. Une secrétaire frisée à col marin le pria de s'asseoir et prévint le notaire. Deux pendules arrêtées se faisaient face dans l'entrée tapissée d'un cuir brûlé. L'ancêtre des Silentaire bedonnait sur une toile au-dessus de la cheminée.

Valentin, alourdi par la chère réchauffée du wagon-restaurant, éructa et chercha les composants de cette aigreur. Il trouva facilement l'ail, le vin rouge, l'oignon, et cherchait une finesse qui lui échappait, revoyant la sauce obscure qui accompagnait la viande sans nom, pincée de curry ? lorsque le notaire tenant ouverte d'un pied et d'une main les portes du sas de son cabinet lui dit qu'il était le bienvenu.

— Cher ami, comment va Mme Thouin ?

— Je ne suis pas marié.

— Excusez-moi.

— Vous n'y êtes pour rien, maître.

— Alors, ces fêtes ?

— Elles s'annoncent inoubliables et je pense à mon discours.

— Je vous l'ai dit, rien ne vaut une conversation, on s'enivre l'un l'autre, les souvenirs fusent, éclairent les recoins, tandis qu'une lettre... c'est pourquoi vous êtes ici, dans les lieux qu'a hantés ce cher Jules. J'avoue qu'avant l'initiative de Nocquoÿ, ce n'était qu'une ombre regrettée, mais une ombre. Vous l'avez redorée. Elle ne cesse de me surprendre. Oui, voici le cadre où si discrètement elle a vécu.

Ils firent le tour des lieux dont le silence épais déchiqueté par les machines à écrire s'égayait de fleurs métalliques. Thouin dénombra une dizaine d'employées revêtues de la même blouse grise à col marin.

— Oui, dit Me Silentaire, grimpons, je n'emploie que des femmes. Mon principal est une ancienne professeur de droit. Une tradition dans la famille, mais nous avons toujours un homme à tout faire, que la toute-puissante présence féminine à la fois réconforte et apaise. Si j'osais ne pas ternir l'éclat particulier de Jules Bouc, je dirais que nous avons eu toujours un Bouc à l'Etude. Je vais vous présenter, toute comparaison exclue, le successeur de notre poète.

Ils trouvèrent sous les toits, à la table basse des archives, au fond du couloir, un être pâle penché sur un terrier d'une taille d'antiphonaire.

— Monsieur de Malte ?

— Maître ? dit l'autre en dépliant son mètre et demi.

— Je vous présente à M. le Maire de Nocquoÿ qui va glorifier le plus illustre de vos prédécesseurs.

— C'est un honneur qui redouble celui que vous me faites, monsieur. Je n'ai pas eu l'avantage de connaître Jules Bouc, mais depuis que Me Silentaire m'en a parlé, je me sens presque indigne de vivre où il a vécu, d'aller et venir sur le plancher que ses pas ont fait gémir, de tirer ces dossiers que sa main a caressés, de boire dans son gobelet, de monter sur le petit banc et de regarder par ce vasistas, oh, si peu souvent et simplement pour éclaircir mes idées qui finissent par se coller l'une à l'autre, le paysage qui le fascinait, tout comme moi, mais qu'il avait le pouvoir de chanter.

— C'est une vue magnifique, ajouta Me Silentaire.

Valentin Thouin s'approcha de la vitre sans rideau et monta sur le petit banc : des cheminées retenaient à l'infini l'étendue brisée des toits de zinc.

— Laissons M. de Malte à ses recherches, dit Me Silentaire en entraînant Valentin Thouin, c'est un être fragile. En passant, remarquez ce lavabo, plomb et cuivre, Premier Empire, Jules y venait tirer son verre d'eau, dans ce gobelet enchaîné, une relique désormais.

Ils redescendirent dans le siècle et le cliquetis des frappes. Les secrétaires sourirent à Valentin Thouin.

— Elles sont charmantes.

— C'est une nécessité, dit Me Silentaire. La vie est femme avant tout. Voulez-vous boire quelque chose ?

Ils s'installèrent face à face dans des fauteuils creux, un doigt de marc à la main.

— Naturellement, dit Me Silentaire, M. de Malte aussi est arrivé très jeune et il n'a jamais eu la moindre envie de quitter ce paradis... Il y a quelque chose ici qui fait que l'on y reste sans s'en apercevoir. Naturellement, l'homme au milieu des femmes ne reste pas insensible, mais je n'ai jamais surpris la moindre indécence.

— Le poète, dit Valentin Thouin, est pourtant plus qu'un autre un écorché vif.

— D'où sa plainte, d'où son œuvre.

— Ses aventures ne sont pas que cérébrales !

— Naturellement, mais vous l'ai-je dit ? Mon Dieu, j'allais l'oublier ! Depuis ma visite à Nocquoÿ j'ai fait des recherches. Nous avons retrouvé les contrats de mariage de Jules Bouc.

— Il a été marié ?

— Deux fois. La première, avec une employée de la maison. L'amour est avant tout une affaire d'occasion. On se trouve côte à côte. On y reste. Mais pas elle ! C'était une rêveuse qui ne pensait qu'au théâtre.

— Il a eu des enfants ?

— Pas à ma connaissance. Mon père a traité l'affaire. Il ne m'a jamais parlé d'une progéniture quelconque. Mais Jules adorait les enfants. Je le trouvais quelquefois dans le square voisin, à l'heure de midi, avec les oiseaux et les bambins. Il leur donnait du pain, des sucres d'orge. Et surtout, ce petit carnet qui ne le quittait pas. Il se tournait sur le côté, comme en cachette, et notait je ne sais quoi.

— Maintenant, nous le savons.

— Jules n'avait rien de spécial, apparemment. Sa taille, peut-être, ses moustaches en crocs ? mais enfin, ça court les rues. Des êtres que nous ne regardons pas, qui ne ressemblent à rien, l'air de rien, et qui bâtissent des mondes ! Peut-on nous faire des reproches ? Avez-vous des remords, vous ?

— Non.

— Naturellement, quoi de plus stérile ? Je vous vois là, devant moi. Imaginez que nous nous trouvions pour la première fois face à face, dans un hall d'hôtel, par exemple. Comment pourrais-je soupçonner que vous allez un jour prochain, devant le chef-d'œuvre de Dièze, tenir en haleine par la puissance de votre verbe, une foule attentive, émue jusqu'à vous applaudir et qui se ruera, admirative et reconnaissante ?

— Je sens la grandeur de ma tâche, dit Valentin Thouin. Je vais parler de ces femmes qui sont mortes pour Jules.

— Des papillons brûlés par la flamme ! s'écria Me Silentaire.

— Me permettez-vous d'utiliser cette image ?

— Certes ! Nous devons tous apporter notre mot à cet hommage.

— Mais je vous citerai ! Cette maison où Jules a tant vécu entrera, elle aussi, dans l'histoire.

— Permettez, coupa Me Silentaire en allongeant le pied vers la sonnette posée sur le tapis.

Une dame mûre en blouse et col marin, bloc-notes à la main, entra gravement.

— Marie-Louise, voulez-vous prendre notre entretien ? Mettez-vous au bureau, faites comme si nous n'étions pas là.

En contrebas, Valentin Thouin s'étonna du soyeux des bas de Marie-Louise qu'il apercevait dans l'ouverture du bureau. Il s'affaissa un peu plus et mit un nom sur la quiétude, le renfermement, l'odeur même qui l'avait saisi dès le sas d'entrée, cette aura qui avait dû retenir Jules Bouc : la volupté. L'œil de Me Silentaire brûlait à feu couvert. Il faisait bon. Il suffirait d'un rien pour s'endormir, avec les longues jambes de Marie-Louise près de soi, son visage un peu fatigué et dans tant d'absence de couleurs, murs beurre, meubles d'acajou, blouse d'un pâle d'école, l'anomalie violente et profonde de cette laque rouge, sur les ongles. Valentin croisa un instant le regard serré de la secrétaire, pareil à un nœud de ruban noir sur de vieilles lettres d'amour, et il surprit le regard mouillé que lui lançait Emilion Silentaire. Il soupçonna chez l'un et l'autre le partage d'infâmes manies, comme de se regarder pendant des heures dans la pénombre, à distance, lui précisément dans ce fauteuil où je suis assis et elle un peu partout, car il lui demande de changer de place, de peupler infiniment la pièce, et je retiens mon plaisir, à la chinoise, l'âge aidant.

— Autant que nous pouvons le savoir, sa première femme tint le vestiaire aux *Bouffes de l'Ouest* qui sont devenus un parking. Jules Bouc avait l'amour du théâtre et mon père qui l'avait surpris à écrire « La Chatte et l'Oiseau » pensa que c'était une pièce, mais Jules Bouc, l'honnêteté même, lui montra qu'il ne possédait que le titre, que le reste des feuilles était vierge et que ce serait un ensemble de sonnets intimes. A cette époque, j'étais en faculté. J'appris cela au cours d'un repas du soir et ma mère ne le salua plus d'un bonjour Jules, mais d'un comment allez-vous, monsieur? La poésie intimide, même lorsque l'on croit s'en moquer.

— Je la trouve simplement étrange, dit Valentin Thouin.

— Insistez là-dessus, reprit Me Silentaire. Elle est étrange. Qu'en pensez-vous, Marie-Louise ? N'hésitez pas ! Dites-nous !

— Je ne vois guère d'autre mot, dit-elle, je la trouve étrange.

— M. le maire de Nocquoÿ prendra vos notes pour son panégyrique.

— C'est pour bientôt ? dit-elle.

— La fin de l'été.

— L'automne est excellent pour le souvenir, dit Me Silentaire.

Marie-Louise croisa les jambes. A travers la soie sombre et tendue l'un de ses genoux montrait un poli d'ivoire, en boule de billard sur la jambe comme un point sur un i. Au bridge des Luge, aux buffets d'Estrellas, au conseil, dans toute Nocquoÿ, à l'atelier de Dièze avec ses marbres, je n'ai pas souvenir d'une telle perfection. Il est même curieux que je découvre l'émotion que peut procurer un genou.

— Vous paraissez soucieux ? demanda Me Silentaire.

— J'étais avec la femme de Jules, dit Valentin Thouin. La première.

— Elle était à ses genoux, et lui baisait les mains. Un jour, nous ne l'avons plus vue et Jules demanda un après-midi de congé, le seul en quarante-trois ans. Elle venait de mourir.

— De quoi ?

— D'amour, dit Marie-Louise. Quand je suis entrée au service de Me Silentaire le bruit en courait toujours. C'est une chose si rare qu'il n'est pas étonnant qu'on s'en transmette le souvenir. Peut-être que le mari ne valait pas le poète, mais je m'égare.

— Du tout, Marie-Louise, dit Me Silentaire. Votre tempérament parle plus instinctivement que le nôtre qui donne toujours dans l'abstrait. Il est vrai que ce bruit demeure.

— Et Jules supporta ce départ ? demanda Thouin.

— Nous ne vîmes rien. Les tempéraments exceptionnels ont des pudeurs qui frisent l'oubli.

— Il est possible aussi, dit Marie-Louise, que le mari ait dépassé le poète. — Les deux hommes restèrent interdits. — J'ai toujours entendu parler chez moi d'un oncle du côté maternel dont l'appétit sexuel mit en péril sa compagne. Elle le quitta. Il en prit une autre qui défaillit au bout d'un an. Les membres de nos familles ont toujours un sujet hors du commun. Il est possible que Jules Bouc ait eu raison d'une épouse fragile.

— Elle lui baisait les mains ! reprit Me Silentaire.

— Elle était sans doute heureuse, dit Valentin Thouin.

— Elle lui demandait peut-être grâce, dit Marie-Louise. Certaines l'envieraient peut-être, mais...

— Continuez ! dit Valentin Thouin. Vous permettez, maître ?

— Marie-Louise est ici comme au confessionnal, dit Me Silentaire. Il arrive qu'elle vienne spontanément m'entretenir de ses cas de conscience. Vous disiez, Marie-Louise ?

— Qu'il y a un mais. Vous croyez qu'à votre image nous ne pensons qu'à ça ! La plupart des femmes ferment les yeux et attendent que ça se passe, mais je m'écarte, peut-être ?

— Vous ne vous écarterez jamais assez, dit Me Silentaire.

La pendule, une roue de la Fortune debout sur son char, au milieu de la cheminée, tinta comme on éternue et les hommes consultèrent leurs montres.

— L'heure est juste, dit Valentin Thouin, mais elle l'a dit bizarrement !

— C'est toute la poésie, dit Me Silentaire.

— Et sa deuxième femme ?

— Léonie Bichoux. Il l'épousa beaucoup plus tard vers la fin de sa vie, peu avant de nous quitter. Elle tenait une buvette, un ancien bois-charbon, derrière la Bourse. Un beau jour, elle a tout vendu, on ne l'a plus revue. Jules vint annoncer à mon père qu'il était seul, heureux, et se retirait pour achever son œuvre. Le débit de vins étroit et tout en zinc est devenu une lingerie de luxe tenue par la maîtresse d'un ministre, un homme, figurez-vous ! un nommé Lahire, mais je me rappelle être allé quelquefois chez Léonie. Notre cher Jules y tenait conseil à la table du fond. Il était la fierté de Léonie. On venait là comme aujourd'hui l'on voudrait que l'on se rendît dans les maisons de la culture. Je crois que c'est Jules qui la première fois usa de cette appellation. Il m'appelait Maître et Mon petit, je n'avais pas encore succédé à mon père. Je l'entends : « La culture, ce brassage impétueux de voix inconnues, voilà sa vraie maison ! J'essaye ici mes vers. Je les polis selon l'écoute. Quand je sens qu'ils tombent dans le vide j'enroule la feuille pour allumer un cigare... » Il appelait Léonie et la priait de me servir. « Je croyais vous inviter, mais elle est dure, il faut payer. » Il ajoutait : « Je suis une entraîneuse. »

— Le monde à l'envers ! dit Marie-Louise. La poésie !

— Elle était beaucoup plus jeune que lui, reprit Me Silentaire. Il était normal qu'elle l'exploitât. Je ne plains pas Jules. Elle lui offrait des cigares.

— Et elle est partie ? Et il est parti de son côté ?

— Par le premier train.

— Qui s'arrêtait à Nocquoÿ !

— Je connais Nocquoÿ, dit Marie-Louise. Nous y allions au printemps avec mes sœurs chercher le muguet en forêt, les champignons à l'automne. La ville a gardé ses remparts. Il est mort là-bas ?

— Il n'est pas mort, dit Valentin Thouin, puisque nous parlons de lui. Faites-moi le plaisir de venir à l'inauguration, je vous réserve une tribune, sinon la surprise de ce que je vais dire. Comment vous remercier ?

Marie-Louise se retira pour mettre au net les notes qu'elle avait prises.

— Vous avez de la chance, dit Thouin.

— Le hasard ! s'écria Me Silentaire.

— Un très beau hasard.

— Mais de qui parlez-vous ? de Marie-Louise ?

— De Jules, dit Valentin Thouin.

— Naturellement !

La pendule sonna vingt coups, vingt et un... trente... Ils se mirent à les compter.

Jour et nuit, Lucie Macarelle se donnait toute au souvenir du poète, de la même façon qu'elle avait risqué sa vie pour les piétons autrefois sur le boulevard. C'était si loin déjà ! La charité a la coquetterie d'oublier et de passer d'un amour à l'autre. La municipalité avait fait monter le téléphone dans son logement de la cité Michel-Ange dont les blocs ondulent au nord de la ville entre les ensembles Bach et Cervantès nouvellement jumelés à leurs frères d'Inverness, de Rosenheim et de Maestro. On lui avait aussi fourni un poste de télévision qui la rendait maîtresse du monde. Rien ne lui échappait et elle gardait son sang-froid. Mme Sterb venait parfois lui jouer un air de guitare. Mlle Ponchard passait régulièrement et lui demandait des nouvelles de sa jambe, de son dos. Lucie lui parlait de nouvelles poudres à lessive, d'Afghanistan. Jeanne Luge venait consulter le dossier Bouc qui grossissait et comportait une chemise que Lucie Macarelle ne voulait pas ouvrir. Germaine Estrellas avait eu vent de ce nouveau salon périphérique où le tout-Nocquoÿ se retrouvait à la sauvette et elle finit par y aller jeter un œil. Elle choisit une fin d'après-midi pour être sûre de trouver le plus grand monde. Coiffée d'une perruque andalouse, jasmin et longue épingle, elle alla chez Lucie qui était seule et regardait une compétition de balle au pied.

— J'ai failli gagner au dernier loto, dit-elle, à cinq erreurs près. Et trompée d'un corner ! Oui, vous voyez, s'il n'y avait pas ces jeunes qui ne savent que hurler dans le terrain vague ce serait le paradis, et le béton qui fait tout résonner !

Mme Estrellas regardait le paysage de linges qui séchaient sur quinze étages aux fenêtres d'en face quand on sonna. C'était Madame Luge.

— Ma chère Jeanne, comme je suis heureuse ! dit Germaine de sa voix de caverne. C'est charmant cet endroit, n'est-ce pas ?

Elle était devenue subitement la maîtresse de maison.

— Ne vous dérangez plus, Lucie, suivez votre rencontre. J'adore aussi le sport. Et vous, Jeanne ? Je ne vous vois plus ! Vous tournez à la carmélite ! Et pourtant vous avez séduit Benoît-Pot, il me l'a dit. Vous ne connaissiez pas sa maison de garde ? Ce sont des hommes étonnants, feu son père surtout, lui n'en est qu'un reflet, mais tout décline, c'est le destin. La forêt, les privilèges, tout se rétrécit ! La vraie vie est ici désormais dans ces ensembles. C'est pourquoi j'y viens. Nous n'avons plus le droit d'ignorer, de nous bander les yeux, et d'ailleurs c'est admirable. La dernière exposition de peinture que j'ai vue à Paris, je n'en manque pas une, ne représentait que des fenêtres comme celles-ci. Nous sommes dans le temps de la vérité. Et Dièze ? Benoît-Pot veut être intéressé à sa grande œuvre. Il l'a dit à Estrellas, une confidence, au *Domino*.

— Il se montre au *Domino* ?

— Non, sur le derrière, tout à fait impromptu, mais c'est un habitué. Il adore mon ami. Nous avons une chanteuse en ce moment, à l'essai, très belle, très simple, une voix comme la mienne. Sans micro. Un cas unique. Accompagnée de deux gros chiens. Meublant, superbe.

Un hurlement annonça le dernier but et la fin du match.

— Vous restez debout ? demanda Lucie en désignant ses chaises de paille.

— Où les avez-vous trouvées ? demanda Mme Estrellas.

— A l'église Saint-Martin, dit Lucie, quand ils ont tout vendu. Je connaissais le sacristain. Il m'en a mis de côté. Maintenant, il est au chômage.

— Dépouillée, Saint-Martin est beaucoup plus belle, dit Germaine en s'asseyant.

Elle sortit son fume-cigarette à coulisse.

— Une vraie sarbacane ! dit Lucie.

— Vous ne croyez pas si bien dire. Elle date du temps des cannes-épées. Elle a deux usages. Elle aurait appartenu à la Malibran. Jeanne, vous rappelez-vous la vente, je n'en manque aucune, des souvenirs de cette Espagnole, la plus parisienne des Espagnoles ? Le préfet d'alors, un ami de toujours, m'avait accompagnée. On sonne ? Il vient encore du monde ?

— Ça n'arrête pas ! dit Lucie. Maintenant, je découpe mes journaux la nuit. Ce n'est pas une sinécure, vous pouvez m'en croire ! Mais Jules Bouc m'est entré dans la peau et je ferai tout pour lui. Même traverser le boulevard, comme les autres. Ah ! Mademoiselle Ponchard !

— Vous fumez ?

— C'est moi, laissa tomber Germaine Estrellas. On fait beaucoup de tabac autour du tabac. J'ai toujours vu fumer les miens et ils sont morts comme ils l'ont voulu, à près de cent ans chacun. Je suis d'ailleurs certaine que l'on meurt quand on le décide.

— Il y a quelques exceptions, dit Mlle Ponchard, ce malheureux que l'on a dépecé, par exemple.

— On ne va pas en parler toute une éternité, j'espère !

— Aux dernières nouvelles, il manque encore une pièce.

— A Jules Bouc aussi, dit Lucie Macarelle, bien que parfois je me demande s'il n'y en a pas trop. Encore ? Je finirai par couper cette sonnette !

Mme Sterb entra, sa guitare à la main.

— Quelle bonne idée, dit Germaine Estrellas, et sa voix descendit encore. Fermez la porte, Lucie ! Je me disais : « Il manque quelque chose ! » Comment peut-on vivre sans musique ? Mon père, mon grand-père, mes oncles avaient de magnifiques instruments. Je les ai touchés, j'étais haute comme ça. Je ne pratique plus, mais ça ne m'a jamais quittée. J'éprouve un manque.

— Courage ! dit Mlle Ponchard dont les prunelles, au malaise d'autrui, se réduisaient à la taille d'un grain de poivre. Pourquoi ne pas vous y remettre ? Vous aviez un instrument préféré ?

— Non.

— Alors, prenez le premier venu.

— Mlle Ponchard a raison, dit Jeanne.

Lucie Macarelle leva les bras, sans un mot, et attira les regards. Mlle Ponchard crut un instant qu'elle avait un malaise, mais Lucie mit un doigt sur ses lèvres et marcha vers l'entrée. On venait de glisser une lettre sous la porte. Les dames regardaient avec inquiétude. Lucie ouvrit sur le palier. Personne ! Des cris d'enfants montaient, qui jouaient au bas de l'escalier.

— Encore une, dit-elle en ramassant l'enveloppe, de la main à la main ! Il en arrive aussi par le facteur. Je les reconnais. Elles ont un air plus fermé que les autres.

— Une lettre anonyme ? demanda Mme Estrellas. Vous en recevez aussi ?

— Oui, dit Lucie Macarelle.

— Mais qu'avez-vous fait ? demanda Mlle Ponchard dont le poivre noir passait au gris.

— Je m'occupe de Jules Bouc, dit Lucie. Faut-il qu'il ait existé pour qu'on l'injurie au-delà de la mort !

— Lisez-nous vite, dit Germaine Estrellas avec appétit. Je l'ouvre !

Elle tira une épingle de sa perruque et voulut saisir la lettre aux mains de Lucie, mais dans le mouvement brusque de l'infirme pour l'en empêcher, Mme Estrellas se piqua.

— On ne sait où peuvent nous conduire nos meilleurs élans ! s'écria Mlle Ponchard en tirant de sa trousse d'urgence alcool et compresse. On ne sait que trop ce qui peut entrer par une méchante piqûre ! Alors, laissez-moi votre bras, madame Estrellas ! C'est en plus une estafilade ! J'en connais qui pour une griffe de chat sont passés dans l'autre monde ! Pour un clou malpropre !

— Je ne porte pas d'épingle rouillée, dit Germaine, et l'on ne me reprendra plus à vouloir connaître, pour les combattre, les turpitudes dont on accable Jules Bouc, à moins que...

Elle se tourna vers Lucie Macarelle qui, le cœur retourné, se tenait la poitrine.

— ... à moins que vous n'ayez inventé cette fable !

— Mes amies ! supplia Mme Sterb en apprêtant sa guitare.

— Hélas ! dit Lucie. Je voulais garder par-devers moi ces infamies, mais vous me forcez ! Je les lirai à voix haute. Il y a toujours de la honte à dévoiler la honte.

— C'est donc si sale ? demanda suavement Germaine.

— Plein cette chemise ! dit Lucie Macarelle.

— Cela vous met l'eau à la bouche, dit Jeanne Luge.

Et Mlle Ponchard :

— Je suis d'avis de vider l'abcès. Mme Sterb pourrait nous jouer en arrière-fond quelques notes, pour atténuer toute fâcheuse impression. Il m'arrive souvent de fredonner pour distraire le malade que je pique.

Toutes approuvèrent. Mme Sterb pinça légèrement ses cordes. Lucie Macarelle se plaça près de la fenêtre et lut.

« Vieille pute...

— Continuez ! dit Mme Estrellas. On voit tout de suite l'invention, la fausseté ! Vous n'êtes pas vieille.

— « Vieille pute, depuis quand fréquentes-tu les ânes ? Vautrée sous ce bourrin, pareille à Romulus et Remus tétant la louve ! Jules Bouc est un âne. »

Les dames parurent réfléchir. Mme Sterb s'était arrêtée.

— L'image est parlante... dit Jeanne.

— ... mais ne porte pas à conséquence, dit Mlle Ponchard. Il y a là comme une sorte d'impossibilité, d'exagération, à tout le moins.

— Eh bien, dit Germaine Estrellas en prenant son temps, cela ne peut émaner que d'un érudit. C'est la dernière reçue ?

— Oui, dit Lucie, mais elles sont du même tonneau, comme écrites par un enfant. Regardez.

— Un enfant d'un certain âge, en tout cas, dit Mlle Ponchard.

— Si je fais le tour de la ville, comme ça, d'un coup d'éventail, je ne vois qu'une personne capable...

— Qui ?

— Un jaloux de Jules Bouc, de toute évidence. Lisez-nous-en d'autres.

— Je prends au hasard : « Comment va Jules ? Tu ne dis rien ? Tu ne peux plus refermer la bouche ? »

— Evidemment, dit Mlle Ponchard, avez-vous déjà vu des ânes ?

— J'en ai connu, dit Germaine Estrellas, dans le pré de mon oncle paternel. Des bêtes innocentes et qui semblent gênées à certains moments, levant la tête vers le ciel pour oublier leur appareil monstrueux, ou l'équilibrer. Mettons-nous à leur place.

— Vous pensiez à qui tout à l'heure ? demanda Jeanne, et elle ajouta : Il n'y aura donc jamais un instant de douceur dans nos relations ?

— Ce que je retiens, dit Mme Sterb, c'est que tout cela est à la gloire de notre poète, malgré tout.

— Vous brûlez ! s'écria Germaine. Ce ne peut être qu'un rival de Bouc.

— Vous n'avez aucune idée, Lucie ? demanda Jeanne. Un homme que vous auriez éconduit ?

— Je cherche, mais...

— Je suis sûre que c'est lui ! gronda Mme Estrellas. Son ton ! Je crois l'entendre. Avez-vous travaillé à la bibliothèque ?

— Ah ! s'écria Lucie, vous ne pensez pas à M. Charmin, tout de même ?

— Charmin ? s'écrièrent les autres.

— Tout cela reste entre nous, dit Germaine. Qui connaît à Nocquoÿ Romulus et Remus ? Qui travaille aux œuvres de Jules Bouc ? ... Vous ai-je blessée, Lucie Macarelle ?

— Si j'étais certaine qu'il n'y eût qu'un corbeau ! Heureusement, à côté de ces choses affreuses j'ai maintenant des coupures de presse à faire pâlir une star. Charmin ! Est-ce possible ?

— S'il vous a en vain désirée ? lança Jeanne. Les hommes souffrent plus que nous ne croyons. Ils attachent des poids de fonte à ce qui n'est qu'un battement d'ailes. Peut-être hantez-vous encore ses nuits ?

— Qu'est-ce qui s'est passé, au juste ? demanda Mme Estrellas avec sang-froid, car enfin, vous lancez une accusation. Il faut l'étayer.

— Le soir tombait, dit Lucie, un soir d'il y a bien longtemps, avant mon accident. J'étais venue rendre un livre que j'avais emprunté. La bibliothèque était encore allumée.

— Toujours les livres ! s'écria Germaine. C'est aussi par un livre que j'ai connu Estrellas, une brochure qui parlait d'ânes, justement, et qu'il avait glissée sous mon manteau, mais je vous coupe !

— M. Charmin me demanda comment j'étais entrée. « La porte n'est pas fermée ? — Non. — Vous savez l'heure ? — Non. — Mais c'est une heure où les jeunes filles ne traversent pas le jardin public, mademoiselle ! Vous allez dire que je parle comme un père, et en père terrible, alors que nous avons le même âge ! — Oui, monsieur. — Eh bien ce n'est pas un père, mais un frère. Je sais, je sais ! L'histoire est pleine d'incestes aussi de ce côté-là ! »

— Je comprends qu'après un tel envoi vous vous soyez défilée, et il espérait quoi ? dit Germaine.

— Tout.

— Il vous l'a dit ?

— Non, montré ! Et je me suis enfuie. J'entends encore son rire. Plus tard, quand je me suis occupée du boulevard, je le voyais me sourire depuis le trottoir. Il passait souvent.

— Un sourire qui n'arrête pas depuis un quart de siècle, dit Mme Sterb, ce pourrait être une belle histoire.

— Mais il y a l'âne ! dit Jeanne Luge.

— Un âne qui ne recule que pour mieux sauter, dit Mme Estrellas.

— Nous vous avons troublée, Lucie, dit Mlle Ponchard. Voulez-vous une aspirine ?

Mme Sterb cependant restait triste. Plus elle allait, plus elle trouvait le monde taillé à coups de serpe.

— N'y a-t-il pas, dit-elle, des lettres de bonne curiosité ?

Des appels à mieux connaître notre poète ? Des confidences exquises ? Si j'étais seule dans mon coin, sans vous connaître, je prendrais la plume pour vous remercier, Lucie, de passer vos heures à corriger les souvenirs d'un homme rare et j'ajouterais que je vous envie. Bienheureuse celle qui connut M. Bouc. Je n'ose même pas l'appeler Jules.

— C'est pourtant comme ça que la bienheureuse devait l'appeler dans l'intimité, dit Germaine.

— Justement. Je serais restée sa servante. A l'ombre de son âme.

— Je ne voudrais pas être indiscrète, renchérit Germaine, mais Sterb, votre mari, a-t-il une âme ? Vous avez l'air d'en chercher une.

— Oh, dit Jeanne, je vous plains de vous moquer toujours !

— Ça m'aide à passer le temps.

— Eh bien, dit Lucie Macarelle qui sentait la nervosité faire des siennes, je crois que Jules Bouc n'était qu'une âme.

— Ah ? demanda Jeanne.

— On ne le savait pas, de son temps, mais ouvrez cette armoire ! Elle est là ! — Elle en tira les deux battants. — Je n'ai pas encore découpé cette montagne de journaux. Ils viennent de partout. Dans chacun vous trouverez un écho sur notre ami, sur les fêtes qui se préparent, sur le chef-d'œuvre encore voilé de Dièze, sur la prochaine publication des sonnets. Il y a même un début de polémique entre les facultés de Toulouse et de Strasbourg sur la signification de « La Chatte et l'Oiseau », que Brest et Montpellier tentent en rivales d'arbitrer, mais les plus touchantes sont des notes comme celles-ci. Passez-moi la chemise qui est sur votre chaise, Madame Luge. Merci. J'oublie que Lausanne et Montréal ne sont pas en reste depuis que Liège a fait imprimer la première thèse sur l'hémistiche sauvé par

M. Charmin et qu'il a publié dans *Le Réveil de Nocquoÿ*, l'an dernier : « Quand l'ombre sur l'oiseau... », mais restons avec la foule. Je lis : « A monsieur l'organisateur des Fêtes en l'honneur de Jules Bouc. Monsieur, la plupart des noms ne disent rien, le mien pas davantage, mais je vais avoir quatre-vingt-trois ans et je ne pensais pas que je pourrais apporter une pierre au monument dont l'idée vous honore. J'avais à peine trente ans. Je portais avec les célibataires de la Biscuiterie Nationale la coiffe de Sainte-Catherine, un moulin à vent en papier dont les ailes tournent au moindre soupir, et nous dansions la ronde dans la halle des ventes lorsque nous vîmes entrer un long monsieur fin à la moustache en croc attiré par nos rires et nos chants. Il ressemblait aux fondateurs de la Biscuiterie, ces grands oiseaux étroits perchés dans les cadres de la salle du Conseil d'Administration. Il semblait égaré. L'une d'entre nous avec cette insolence de la jeunesse qu'un verre de vin blanc porte à l'extravagance lui lança : “ Vous cherchez une cage ? ” Je fus si peinée que j'ouvris la ronde et l'y fis entrer, mais comme il ne souriait toujours pas je l'invitai à danser avec moi. Il me dit qu'il m'écrirait des vers, qu'il n'était pas du quartier, que sa femme tenait un débit de vins *Chez Léonie*, qu'elle venait de le quitter et qu'il disait adieu à Paris. J'ai lu dernièrement dans la gazette de Nocquoÿ un extrait des Mémoires de Jules Bouc sous la plume de votre bibliothécaire et je ne doute pas que le café *Chez Léonie* soit bien celui de cet homme dont je sens encore l'incroyable et ferme douceur. Je n'ai jamais reçu le poème qu'il m'avait promis, mais les postes françaises vous jouent souvent des tours. A la veille de la guerre de 40, d'une fiancée qu'il avait eue avant ma mère, mon père reçut un message daté de 1903. Je ne doute pas que l'un des sonnets dont parle votre journal ne me soit dédié et ne me parvienne un jour. Sans doute alors retrouverai-je l'éclat de ce bal de la Biscuiterie qu'aucune autre heure n'égale. Veuillez, Monsieur, etc. » Je pourrais vous en lire de semblables à poignées, ajouta Lucie Macarelle, et elle en prit une autre : « Vieille peau... » Je ne l'ai pas glissée dans la bonne chemise, excusez-moi. Voyons la suivante : « Au maire de Nocquoÿ, Monsieur le Maire, c'est un contribuable qui vous parle, j'aimerais savoir à combien va monter la note d'une pareille cavalcade ? » Quel esprit malin s'est amusé à troubler mes dossiers ?

Lucie parcourut de l'œil une autre lettre.

— Ah ! « Madame (c'est à moi personnellement). J'ai appris avec plaisir votre nomination au grade de secrétaire des faits et gestes du génial poète dont Nocquoÿ a l'honneur de garder la dépouille. Si je puis contribuer pour une modeste part à l'histoire de sa vie veuillez accepter ces souvenirs. Jules Bouc se fournissait en œufs et fromages au même comptoir que moi. Il arrivait sur le coup de midi, sortait une liste de sa poche et la lisait à voix haute à Mme Rompanoci qui malgré son nom est française comme vous et moi. Jules Bouc prenait l'œuf à l'unité et toujours un demi-chèvre. Cela me semblait peu pour nourrir un homme d'esprit qui ne parlait qu'en vers. Il ne quittait jamais la boutique sans lancer " Madame Rompanoci vos produits sont exquis " avec un tic : il tirait la langue après chaque sourire. Nous courions à la porte pour le regarder s'éloigner et nous étions heureuses, assez mystérieusement. Il allait d'un pas égal et marquait un temps, d'un pied l'autre, comme s'il avait une canne, mais il n'en avait pas. J'ai pensé à quelque infirmité de naissance, mais je suggère aujourd'hui qu'il faut y voir assurément une scansion, une aide à sa pensée intérieure, aux alexandrins qui le rythmaient et qu'il me tarde de lire. Auriez-vous l'obligeance dès leur parution... »

— La fascination ! murmura Mme Sterb.

— Et la simplicité, ajouta Lucie Macarelle. Je le vois comme si je l'avais fait.

Germaine Estrellas qui n'avait pu interrompre la lecture des lettres et ne se voyait plus diriger les débats feignait de s'être assoupie. Jeanne Luge poussa l'une des épingles de sa chevelure et la fit sursauter.

— Oh, vous êtes là, nous sommes là ?

— Vous en faites trop, s'écria Mlle Ponchard.

— Comment cela ?

— Vous manquez de vitamines, attendez, j'en ai dans ma trousse. La présidence de la Croix-Rouge, votre salon, vos cours de danse, le golf, le bridge, vous en faites trop !

— Sans compter Estrellas que je dois soutenir et conseiller dans ses laboratoires, mais je tiens cela de famille. Ma tante Amar était comme ça, avec en plus dix garçons et sept filles. A la veille de sa mort que personne n'attendait plus, pas même elle, nous nous sommes réunis en famille autour de son fauteuil. Nous étions près de quatre cents. Il n'y a pas de quoi se vanter quand on songe à l'avenir et je bénis Estrellas de ne m'avoir pas fait d'enfants. En quoi, je l'ai aidé, parce que je ne peux pas en avoir.

— Voilà qui met fin à tous les bruits, dit Mlle Ponchard.

— Estrellas est quand même un bel homme, dit Jeanne.

— Et vous ne l'avez pas connu quand je l'ai rencontré ! C'était une splendeur. Au remariage de tante Amar avec le père de Benoît-Pot...

— Vous êtes donc parents ? dit Jeanne.

— Est-ce une raison pour le fréquenter ?

— Voulez-vous un verre de cidre ? demanda Lucie Macarelle.

— Quelle heureuse idée ! dit Mme Estrellas. C'est tout à fait inattendu. Je vais leur en servir demain soir. Cela me fait penser à mes racines normandes.

— Les racines..., commença Madame Luge. Non, cela n'a pas d'intérêt.

— On ne vous entendait plus ! dit Mme Estrellas. Allez ! Je ne vois d'ailleurs pas ce qui n'a pas d'intérêt sur cette terre.

Elle fit un signe autoritaire de la main. Les autres regardèrent Mme Sterb qui remettait la guitare dans son étui.

— Toutes nos racines se rejoignent et ne portent qu'un seul arbre. Une chanson andalouse dit cela mieux que moi. Les feuilles sont toutes les âmes.

— Vous devriez nous la chanter, dit Jeanne Luge.

— Il faut hélas que je rentre. C'est l'heure d'Edouard.

— Il ne faut pas faire attendre, lança Germaine Estrellas en se levant. J'ai mon coupé en bas. Qui m'aime me suive ! Il est en progrès, Edouard ?

Lucie Macarelle attendit à sa fenêtre de les voir sortir du bloc et traverser la cour où filles et garçons assis sur le parapet de pierre se passaient en silence des mégots grésillants. Lucie entendit une basse rauque et bestiale, un roucoulement de préhistoire.

— Mes roues ! mes roues !

Germaine Estrellas venait de retrouver sa voiture sur les jantes.

Du mont Ararat, point culminant de la forêt, Nocquoÿ paraît une tortue au bord du fleuve. Elle n'a plus d'âge. Seuls vivent les nuages, mais aujourd'hui le ciel impeccable compose avec la plaine un accord silencieux, un angle qui fuit à l'infini, le signe du decrescendo sur une partition musicale. On vient ici surprendre son écho, retrouver le *la* original, même ceux qui se croient les décideurs du diapason. Les bicyclettes de Jeanne et de Dièze s'accolaient du guidon sous un hêtre, semblables à leurs maîtres enlacés et immobiles, debout dans les fougères et retardant l'instant de s'y coucher. Ils firent l'amour comme on tue un lapin et se relevèrent avec du sang sous les paupières. La chaleur étirait le ciel. Ils regardèrent la ville.

— Je ne le ferai plus, dit Jeanne. Ma consolation est que je ne te cache rien. Si tu crois que j'ai mal agi, rien ne t'empêche de refuser l'aide de Benoît-Pot.

— S'il en donne une ! reprit Dièze. Tout cela importe peu. Il me semble que j'erre depuis le début. Vois-tu ce que je vois ?

— Oui, c'est une buse ?

— Immobile et qui guette la ville.

— Je n'aime pas que tu ries de tout, arrête de rire !

— Je ris de moi, dit Dièze, mais en bien, cette fois. Je te repose la question. Vois-tu ce que je vois ?

— L'oiseau est tombé. Rien d'autre.

— Ma grande bête ! Tu as tout sous l'œil et ça t'échappe ! Qu'allions-nous installer la statue place de la gare, sur le pont, au jardin public, sur le parvis de Saint-Martin, quand il est évident que c'est ici qu'il faut la mettre !

— Sur le mont Ararat ?

— C'est clair comme le jour.

— Mais on viendra la voler ! On vole tout ! Et c'est loin, et sans garde !

— On ne vole pas les poètes.

Jeanne à son tour se mit à rire, puis à trembler.

— Retournons dans les fougères.

— Je te parle sérieusement.

— Moi aussi.

Dièze était faible et son corps gourmand. Ils allèrent tuer un autre lapin. Le ciel attendait, levé sur le paysage sans acteurs. Ils retournèrent au bord de la scène.

— Ici, dit Dièze, comme il convient à celui qui domine. Je suis certain que c'était sa promenade préférée.

— Jules Bouc était vieux quand il est arrivé à Nocquoÿ. Quelle marche, à son âge !

— Ne serait-il venu qu'une fois, cette vision l'a emporté sur le reste. C'est cela que je voudrais rendre. La lumière donne cent mille coups de marteau et toutes les ombres volent !

Jeanne avait pris l'habitude de se taire quand il commençait à étinceler de l'œil et des mains. Elle le regarda tourner d'un pas d'arpenteur et s'animer.

— J'en parlerai à Hérissart. Il me fera une assise ronde, plate, et dessus un socle rond à trois étages. Et là-haut, toi sur le cheval, ouverte vers la ville et l'étendue. Tu es la naissance de tout. Jules Bouc est d'accord. Je l'entends. Il applaudit !

A longs claquements d'ailes, les oiseaux traversaient la futaie derrière eux.

— L'enfant tiendra le cheval. Pas immobile, mais en marche. Oh, Jeanne !

Il lui prit le menton et regarda ses yeux. Jamais il n'avait aimé comme à cet instant, et personne, pas même ce visage où l'innocence était absolue.

— Etrange, dit-il, en la relâchant. Infranchissable.

— Quoi donc ?

— L'œil.

L'épatant dans les hauteurs, c'est la facilité à en descendre. Les amants filaient en roue libre. Les lacets du chemin avaient des grâces de fouet. A l'entrée de la ville, Dièze et Jeanne se touchèrent du bout des doigts sans s'arrêter et chacun prit ses pavés.

— Enfin, dit M. Luge qui mélangeait des eaux de Cologne dans l'arrière-salle de la pharmacie, tu t'es remise au vélo. C'est un sport honnête quand on ne force pas, mais tu as des cernes à ton chemisier, va donc te changer. Valentin Thouin vient de passer. Il voulait te voir.

— Je ne sais pas ce qu'il me veut, celui-là !

— Tu n'es aimable avec personne, Jeanne !

— Son absence de sourcils me fait mal, me met mal à l'aise.

— Eh bien, je vais t'étonner. Il en a.

— Il en a ?

— Il en a rapporté de Paris. D'un posticheur du Palais-Royal. Il m'a expliqué. Me Silentaire lui a donné l'idée et l'adresse. Notre maire et le sculpteur Dièze, maintenant, ça se ressemble comme deux gouttes d'eau. Tu vois Dièze ? C'est évidemment un monstre, eh bien, nous avons deux monstres. Tu connais ma théorie, chacun de nous a un sosie quelque part, ce qui fait que lorsque l'on surprend l'un de nous à parler dans le vide, c'est à son sosie qu'il s'adresse. En général, le sosie est à l'autre bout du monde.

— Tu m'as déjà expliqué.

— Je le répète et il est extrêmement rare que le sosie soit dans la même ville, à deux pas. Nocquoÿ peut s'enorgueillir de ce phénomène. Il faut se tenir sur le qui-vive. Imagine qu'ils entrent ensemble à la pharmacie ! Je tiens le pari qu'ils demandent la même chose.

— Quoi ?

— Le même remède.

Où veut-il en venir ? se demandait Jeanne.

— Par chance, le sculpteur ne vient pas à nos bridges. A la même table, ce serait l'enfer, l'un faisant le mort derrière la chaise de l'autre. Bref, il est venu demander si tu voulais poser pour l'affiche des fêtes. J'ai dit sûrement pas. Il a insisté, il m'a flatté : « Vous avez la plus belle femme de Nocquoÿ. Elle symbolise la ville. » Tu serais sur un côté de l'affiche, les bras étendus au-dessus du programme. J'ai dit : « Vous ne voyez tout de même pas ma femme nue sur tous les murs ? » Il a répondu : « On peut aussi faire sans la déshabiller. » Jules Bouc tourne la tête a tout le monde. J'en fais goutter ma bonbonne ! Tiens, tu as une crosse de fougère dans les cheveux ?

— Au mont Ararat, je me suis allongée, j'étais épuisée.

— Tu te donnes trop, Jeanne ! Tu n'as pas fait de bicyclette depuis des mois. Je recommande toujours de ménager ses forces, aux reprises. Ou alors n'arrêtez jamais ! C'est comme ma mémoire, autrefois j'aurais pu te dire le nom latin exact de cette merveille, la *filis capillaris* peut-être. Je consulterai l'herbier.

— Tu avais une mémoire magnifique, dit Jeanne.

— Excuse-moi, dit Luge, *Le Jardin du Cœur* attend son eau de Cologne. Les Desportes méritent leurs étoiles. Ce n'est rien de mettre un petit flacon dans les toilettes, mais c'est à ces riens que l'on juge une maison.

Madame Luge au-delà du parfum d'oranger qui montait du carrelage en s'évasant surprenait encore sur elle l'odeur de forêt de Dièze. La crainte et le plaisir ne firent qu'un frisson. Elle monta à l'appartement. Le soir dorait la fenêtre qu'elle ouvrit et pour la première fois elle eut envie de se pencher sur la rue, de dire aux passants alanguis par les premières chaleurs qu'elle aimait cette brute, que les autres n'étaient rien, plus rien, plus jamais rien.

— Des ombres ! lança-t-elle à tue-tête.

— Madame Luge ! s'écria M. Desportes en levant le nez, mes hommages ! Le grand jour arrive ! Nous avons repeint le vestibule. Venez voir ! Edouard a rajeuni ! La vasque dans la cour intérieure fonctionne de nouveau. Ma femme l'éclaire en tricolore. Toutes les chambres sont retenues. M. Luge est sur le pas de sa porte, sinon je vous dirais mille malhonnêtetés !

Jeanne se pencha et M. Desportes vint au milieu de la rue pour la saluer avec fierté. Elle s'inclina et referma la fenêtre. Sur la cheminée de la chambre le talon aquarium qu'elle avait mis en honneur, comme Dièze sur la tête de Socrate celui qu'elle avait abandonné, réfractait le dernier rayon du jour et jetait sur le couvre-lit une fleur perverse. Le téléphone sonna. C'était Lucie Macarelle.

— Je ne vous dérange pas, Madame Luge ? Je n'ai pas oublié combien vous étiez rêveuse l'autre jour avec votre remarque sur l'oubli, sur une parenthèse de calme et de pureté. Je viens de recevoir un témoignage qui m'apaise et qui peut vous réconforter. J'ai plaisir à vous le lire. Il s'accorde à ce premier beau soir d'été. Vraiment, je ne vous dérange pas ?

— J'écoute.

— ... « Je m'appelle Esther Bellange et j'ai remporté autrefois le challenge de la course de canoë de Nocquoÿ : une timbale aux armes de la ville, le fameux bras d'honneur dont le poing tient la foudre. J'ai présenté mon trophée à la foule qui m'acclamait et je l'ai posé sur la table où l'on m'offrait le champagne. La cohue est toujours grande à ce moment des manifestations et je remarquai dans la presse de ceux qui voulaient à tout prix heurter leur verre au mien un individu, le seul vêtu de noir dans la foule bariolée, grand et triste, la moustache en neige, qui levait sa coupe vers moi et s'éloignait à reculons, mais que dis-je sa coupe ? C'était ma timbale ! et en effet je ne la trouvai plus sur la table. Je tentai de poursuivre cet étrange ravisseur, mais bousculée, retenue, portée de nouveau en triomphe je le vis s'éloigner vers les vergnes de la rive, au-delà des banderoles et des drapeaux. Je criai : “ On a volé ma timbale ! ” et l'on crut que je plaisantais. Le soir, au moment de partir, alors que je fixais le canoë au toit de ma voiture et que l'on avait déjà replié les tréteaux de la fête, je vis mon homme surgir et me la rendre. “ C'est un objet superbe, dit-il.

— Mais monsieur !

— Pouvez-vous me décrire celui qui vous l'a remis sur le podium ? Non ? Je m'en doutais ! Eh bien, désormais ce sera moi dans votre souvenir. Je m'appelle Jules Bouc. On m'ignore ici, mais vous ne m'oublierez plus. Je veille à ma mémoire indigne de vous qui êtes si forte et belle. ” Et il s'en alla. »

— Encore, demanda Madame Luge.

— On voudrait que cela n'arrête jamais, n'est-ce pas ? Et je me suis rappelé que j'avais classé dans l'une des premières chemises une autre aventure de notre ami. Toujours au bord de l'eau. Je peux ? Il y a des hommes que l'on aurait voulu connaître, n'est-ce pas ?

— Ce ne sont jamais ceux que l'on rencontre !

— Je savais bien que vous souffriez ! Il n'y a qu'à vous voir ! C'est comme moi, avant mes infirmités. Heureusement, elles m'occupent ! Et ces lettres qui sont belles comme des fenêtres. Ecoutez ça. Elle est timbrée du Tibesti : « Mairie de Nocquoÿ, bureau de la Célébration. Monsieur, Madame ou Mademoiselle, de retour d'Afrique où l'eau me manque si souvent car la plupart de mes postes se sont trouvés en territoire désertique, je passe mes congés chez le vieux maître qui m'a enseigné les premiers cantiques, le Révérend Chabanais, à Nocquoÿ où je ne laisse pas un jour sans me rendre au bord du fleuve, pour y pêcher, y rêver, y songer à mes catéchumènes. Je suis pasteur évangélique au milieu d'un monde fétichiste et musulman. Le mois dernier, j'ai entendu dans la cour du *Jardin du Cœur*, un de vos hôtels où je prenais le thé, une émission sur Jules Bouc qui m'a fort intéressé. D'après la description, les dates, les suppositions du bibliothécaire, les quelques mots du sculpteur Dièze dont un cheval ailé devait orner l'aéroport de N'Djamena et qui s'est égaré — on pense qu'il a été détourné vers le Nigeria par un amateur peu scrupuleux —, il ne peut s'agir que du voisin dont m'a parlé le Révérend. Ils disputaient d'interminables parties de dominos et parfois les poursuivaient à la lumière d'une lampe tempête sur la barque où le bon Chabanais avait coutume d'aller méditer et noter ses leçons pour le temple. Il y composa aussi son traité d'harmonium, mais, après leurs jeux, celui qui perdait prenait les rames et nos deux messieurs naviguaient jusqu'à l'écluse. Ils remontaient ensuite au port d'attache où vous voyez encore un grand concours de barques enchaînées, au bas de la rue du Bon-Sens, dans le quartier malfamé du *Domino.* Un jour, le Révérend à bout de forces pria son ami de le relayer et l'autre lui dit qu'il ne saurait renoncer a sa victoire. Le ton monte. Jules Bouc se dresse sur la barque et, dansant d'un pied sur l'autre, manque de les faire chavirer, ce qui redonne courage à mon vieux maître, mais ce fut la fin de leur amitié. Jules Bouc sauta sur la berge sans aider à l'amarrage. Quelle mouche l'avait piqué ? Etait-il sous l'influence de la lune qui était à son plein et qu'il regarda un bon moment avant de laisser son ami sans un au revoir et de disparaître dans la direction opposée à son domicile ? J'appris encore de M. Chabanais que son voisin dont la fenêtre était en vis-à-vis restait parfois de longues heures face au ciel nocturne, mais je tenais surtout à vous faire part de l'image qui me hante de ces deux personnes de grand âge jouant aux dominos sous le ciel qui inversait, avec ses étoiles symétriques éclatant dans la nuit, les points noirs sur fond blanc des petits rectangles d'os étalés dans la barque balancée par le fleuve. J'y vois que ces personnes nous montrent que sous leur apparence d'un inutile passe-temps elles se préoccupaient au contraire de l'essentiel qui est de s'accorder au ciel, sinon de le gagner, avec les moyens du bord, d'en désirer l'ordre et le silence, en faisant semblant d'oublier que les jeux sont faits. Veuillez excuser, Monsieur, ma dérive vers le prêche, mon inclination naturelle, ma vocation à parler de la prédestination. Puissiez-vous ne retenir que ces quelques touches en faveur de votre poète dont les bizarreries ne sont guère plus étranges que la plupart de nos comportements. Voulez-vous croire à mes meilleures pensées ? »

— Toujours ta téléphonite ? dit gentiment Luge en entrant dans la chambre. Qui est-ce ?

— Oui, j'écoute, Lucie ! C'est mon mari. Vous êtes tout excusée. A bientôt.

Elle raccrocha.

— Lucie Macarelle me parlait de Jules Bouc.

— C'est étrange, dit le pharmacien, je pensais à lui.

— Toi ?

— Par quel miracle échapperais-je à la rumeur ? Les clients n'ont que cela à la bouche.

— D'abord, ce n'est pas une rumeur.

— Disons un envoûtement. On entend son nom aux jeux radiophoniques ! Le coiffeur de la grand-place relance la moustache en crocs. Il n'y a que Dièze qui garde la tête sur les épaules. Il a décidé que le poète serait une femme. Une statue de femme. Tu vois que tu ne sais pas tout.

M. Luge s'assit au bord du lit et joignit les mains.

— Un jour, nous le verrons sur les boîtes d'allumettes ! dit-il.

— Sur les casquettes, les chemises, les porte-clefs, je trouve ça très bien, tout le monde en profitera. On dirait que tu es jaloux ?

— Jusqu'à Mlle Ponchard qui est émoustillée ! Elle est venue recharger sa trousse, cet après-midi. A l'hospice les vieux ont formé deux camps, pour et contre Bouc ! A les entendre ils l'ont tous connu, vers sa fin.

— Sa fin ! Il commence.

— Cela jette une drôle de lueur sur la gloire !

Jeanne passa dans la salle d'eau et éleva la voix :

— Je n'entends rien ! Je suis sous la douche.

— Je ne dis rien !

— Quoi ?

— C'est sans importance, dit le pharmacien, et il alla caresser le talon aquarium.

Il faut prendre tout mal en patience. Jeanne achète des

chaussures immettables, mais étonnantes — où est passée la seconde ? Désordre et fantaisie ! C'est avec ces deux mamelles qu'une femme allaita un jour Jules Bouc. Encore une qui faisait l'enfant !

M. Luge haussa les épaules, sa façon de remettre le monde en équilibre. Sans Jeanne, il serait si facile à porter ! et pourtant c'est la meilleure des compagnes. Toujours le sourire et pas langoureuse pour deux sous. Une gamine !

Il se regarda dans le miroir et se demanda ce qu'elle avait bien pu lui trouver pour l'épouser. La tristesse le guettait toujours. Il la surveillait, pourtant ! mais elle est là sur les talons et finit par griffer à son heure, au moment que l'on n'a pas prévu, chaque fois que je désire Jeanne, par exemple, et qu'il est évident qu'elle n'en a pas envie. J'en suis arrivé à ne même plus le lui montrer. Le désir passe le bout du nez et s'en va, la queue entre les jambes.

Des pollens traversaient la dernière lumière. M. Luge éternua sept fois.

« A tes souhaits ! » répétait Jeanne d'une voix suisse. Quand elle sortit, Luge n'était plus dans la chambre et par la porte ouverte elle entendit, amplifié par la cage d'escalier, le bruit d'une bouteille qu'il débouchait en bas.

Depuis la bibliothèque où l'on venait de distribuer aux enfants des écoles une bande dessinée sur la vie de Jules — on y voyait un homme parler aux chats et aux oiseaux, écrire sous une lampe tenue par un ange en vol, marcher dans Nocquoÿ déserte à la faveur de la lune et parler à la foule au beau milieu de la place du Sablier — Aurélien, Cassius et Céline, qui avaient tenté d'attraper l'un des pigeons du jardin public et joué à qui-s'y-colle de saule en buisson, ouvrirent de grands yeux, poussèrent un cri et sac au dos s'enfuirent, traversèrent la ville et arrivèrent sans souffler chez Ahmed qui jouait au gobelet avec les amis. Des voix lançaient des chiffres : cinq, trois !

— On a trouvé un pied, lança Céline.

Ahmed retourna sa tasse et découvrit sept pois chiches. Il rafla les mises et garda la main.

— On a trouvé un pied, reprit Cassius, d'une drôle de couleur avec des mouches.

— Dans le creux d'un arbre, derrière la fontaine.

— Celui qui a l'air mort au milieu des rhododendrons, précisa Aurélien.

— Qu'est-ce que vous faisiez dans ce buisson ? demanda

Ahmed, par simple curiosité et sans élever la voix. On fait l'école dans le jardin public ?

Tout à coup Aurélien eut un haut-le-cœur et Ahmed lui donna un verre de thé. Les clients se regardaient. Trois jours après, derrière le comptoir, entre l'étagère des tasses et la hotte en tôle, au-dessus des rampes à gaz et des grilles à merguez, sur le mur réservé aux photographies des étoiles de la boxe, entre des cartes postales où jaunissaient des mosquées et des chanteuses d'Egypte, trônait le portrait des trois enfants découpé dans la première page du *Réveil de Nocquoÿ* : « Les inventeurs du pied tragique. Mardi, des enfants du quartier Saint-Martin achèvent innocemment le lugubre puzzle du vieillard dépecé. »

— Oui, c'est mon fils, disait Ahmed avec fierté en tapant le cliché du dos de la main, mais on ne connaît toujours pas la victime. Il paraîtrait qu'il n'est pas d'ici.

Si l'on avait soulevé les toits de la ville on eût entendu s'enchaîner les mêmes inquiétudes et les mêmes réponses.

— Personne en tout cas n'a disparu à Nocquoÿ, ces derniers temps, dit le maire. Chacun a pu lire l'avis de recherche placardé à la mairie et sur les arbres du boulevard.

— A-t-on bien cherché ? demanda Omer Desainte. Rappelez-vous le frère d'un de mes palefreniers que l'on croyait à la retraite dans le Midi. On a retrouvé son squelette sept ans après, chez lui, les jambes croisées, dans son fauteuil. Les voisins n'en avaient pas souci.

— Je préfère des voisins qui me laissent tranquille, assura Hérissart.

Au *Jardin du Cœur* et dans les autres hôtels la police avait épluché les registres et les souvenirs du personnel.

— Estrellas photographie tout ce qui passe au *Domino* et dans ses autres laboratoires, confia Germaine au commissaire chargé de l'enquête. Très peu de vieillards dans son album.

— Et ils sont tous en vie, dit le commissaire en refermant le roman policier qui le captivait, une histoire de danseuse londonienne que se disputaient deux officiers de l'armée des Indes.

— Nous, dit Mme Desportes, nos vieux n'ont pas la taille de l'inconnu. Il s'en faut de beaucoup. D'ailleurs je ne parle qu'à ceux que je domine. Au-dessus, ils m'angoissent et je n'oublie pas leur tête.

— Il doit toutefois y avoir une raison à ce que l'on ait dispersé les douze morceaux à l'intérieur même de la ville — pourquoi Nocquoÿ ?

— Une belle fille en morceaux, je comprendrais, dit Dièze.

— Un vieux, ça n'a pas de sens, ajoutait Jeanne Luge.

— Commissaire, dit Omer Desainte, je n'entends parler que de la victime !

— Vous voulez dire que l'on ne souffle mot de l'assassin ? Mais, cher ami, on ne peut que suivre l'ordre ! Premier temps, qui n'est pas de ma compétence : assassin, victime. Deuxième temps, et j'interviens : victime, assassin. Hélas, même enfin réunie, la présente victime ne parle pas, comme elles le font toutes en général, peu ou prou.

— Je suis venu spontanément, dit à son tour M. Charmin. Avant-hier, au bridge, l'assureur Plafond eut une remarque qui m'intrigua, comme nous rentrions au milieu de la nuit.

— Nous avons passé toutes les assurances au peigne fin, dit le commissaire.

— Vous connaissez Plafond, reprit le bibliothécaire, c'est un homme qui se met tout de suite dans vos meubles. A

Sterb, il parle médecine. A Hérissart grues et chantiers. A moi... devinez ?

— Je ne vois pas.

— A moi qui veille sur la cité des livres, qui suis en plein roman ?

— Attendez ! dit le commissaire. Vous me proposez une enquête parallèle !

— A moi qui ressuscite un disparu comme un lecteur le héros sur qui grouillent les millions de lettres du livre comme autant de vermine ?

— Il vous parle de Jules Bouc ?

— Gagné, commissaire ! M. Plafond se planta devant moi et saisit les revers de mon veston. « Charmin, me dit-il, ce vieillard dépecé, dispersé aux quatre coins de Nocquoÿ me fait penser au fantôme de celui que vous reconstituez, à une sorte de réincarnation maligne. S'il n'y avait ces débris qui me navrent, si le retour en un nouvel être n'exigeait des siècles, je dirais que Jules Bouc est venu nous narguer. »

— Quand on est mort, c'est pour longtemps, affirma le commissaire. Je regarde les choses en face. La ville m'a l'air atteinte d'une fièvre singulière, d'une sorte d'héroïte ou de déite. Je ne sais quel jour le virus est apparu, à qui il s'est attaqué, mais la peste court de l'un à l'autre, saisit notre malheureuse cité, gagne les villes voisines, les ondes, atteint l'ensemble du pays et passe déjà les mers. J'apprends qu'une Canadienne à l'annonce de nos fêtes est morte pour Jules Bouc d'un amour rétrospectif.

— Ce qui prouve, dit Charmin, que l'amour n'est pas cet instant de foudre à quoi beaucoup le réduisent. Commissaire ! Avez-vous été jaloux ?

— Non.

— Je vous plains, car c'est l'essence de l'amour, et la jalousie ne connaît son plein que dans le passé ! Un roman d'amour n'est qu'une histoire de jalousie ! Je vais mettre cette Canadienne en bonne place dans mon discours inaugural.

— Je sais. J'ai vu Lucie Macarelle.

— Pour quoi ?

— Pour mon enquête sur le malheureux vieillard. C'est le métier. Je me lève, j'interroge. Je me couche, j'interroge mes interrogatoires. C'est ma vie et je sais pourtant que la vérité m'arrivera par celui que j'aurais oublié d'interroger, par celle ou celui qui viendra spontanément me donner le nom, l'heure, la clé du crime. Mais je dois d'abord interroger tous les autres. Longueur et servitude. Patience. Reprenons. L'assureur Plafond vous parlait de la victime comme si elle était elle-même son bourreau, pour nous jouer un tour, mais à ma connaissance aucun suicide en douze morceaux n'est encore entré dans l'histoire. Or donc meurtre. Et assassin. Un assassin qui existe comme vous et moi.

— Qui est peut-être mort à l'heure qu'il est ! dit Charmin.

— Nous le ressusciterons.

— Nous ne passons notre temps qu'à ressusciter, commissaire, je vous l'ai dit. Nous ne travaillons que sur le passé. Bonne chance !

— A vous aussi, dit le commissaire en lui ouvrant la porte.

Lucie Macarelle attendait sur le banc du couloir. Ils poussèrent tous trois un oh ! de surprise. Un chien hurlait au-dehors à longues reprises douloureuses.

— Je suis revenue, commissaire, avec le dossier noir dont je vous ai parlé. M. Charmin est au courant. Il passe régulièrement chez moi. Peut-être que ces lettres honteuses vous mettront sur la voie du boucher de l'inconnu. On ne sait toujours pas qui c'est ?

— Entrez donc, dit le commissaire.
— Je peux rester ? demanda Charmin.
— Je ne voudrais pas abuser et prendre un peu de temps à l'Histoire ! ironisa le commissaire. Je vais demander que l'on ne nous dérange pas.
Il s'adressa au sergent de garde.
— Je ne suis là pour personne, Lécluse. Apportez-nous donc un café.
— Serré, dit Lucie Macarelle.
— Comme toutes mes enquêtes, dit le commissaire.
Charmin souligna que sans humour, en quelque domaine que ce soit, il ne peut y avoir de génie.
Quand Lucie est assise dans un profond fauteuil comme celui-ci, qui a vu passer tant de prévenus soudain étonnés de se sentir à l'aise et prêts à relâcher leur méfiance, qui pourrait songer qu'elle est infirme ? Elle a toujours son visage mobile et fin, son regard perçant, ses lèvres pulpeuses, le seul visage de la ville qui ne vieillisse pas. Sans doute parce qu'elle se donne à tous, à personne en particulier. Elle n'a jamais voulu de moi le moindre baiser. Je la regarde et je me sens rajeunir. Nos promenades d'autrefois si pures, dans la forêt qui porte cependant à tous les frémissements ! Tu te demandais pour qui elle se réservait. Eh bien, je le sais maintenant. Elle attendait une ombre plus vive que toi, plus enlaçante qu'aucun homme. Elle se donne à l'ombre de Jules.
— Qu'en pensez-vous ? dit le commissaire. Ça vous laisse rêveur ?
— Oui, dit Charmin qui n'avait pas écouté.
— Ce sont des lettres à lire d'une main, reprit le commissaire. Je comprends votre indignation, mademoiselle Macarelle, mais ces lignes nous livrent un obsédé sexuel de type classique. Une femme passe, il la désire, il la suit de rue

en rue. Le soir tombe. Un coin de porte et le tour est joué. Un peu de sang sur les pavés. Un silence de pierre.

— Je ne sors plus qu'en plein jour, dit Lucie.

— Il est midi, reprit le commissaire dont la main faisait trembler une nouvelle lettre. L'air léger, nos rues étroites, une femme passe, il la désire. La foule sort des bureaux, des magasins. Notre homme se sent à l'aise dans l'anonymat. Chacun ne pense qu'à son repas, aux enfants qui d'impatience tapent de leur fourchette sur la table, aux images du petit écran, aux discussions sur les prochaines vacances, où irons-nous, le mois dernier les Baléares, que penses-tu de Bali ? et la femme avance toujours, elle va manger son casse-croûte au jardin public, midi, quelle chaleur ! passons à l'ombre. Un petit besoin. Un buisson... et le tour est joué. Un peu de sang sur les feuilles. Le silence du soleil.

— Alors, on ne peut plus sortir ? dit Lucie Macarelle.

— L'aube elle-même n'est plus ce qu'elle était. Cette ouverture d'avant le jour ! Ce moment où chacun de nous croit à une vie nouvelle ! Même moi, ici, quand il m'arrive d'avoir dormi sur une enquête et que je vais connaître enfin la solution, l'aube ! une femme passe. L'homme est toujours là, qui la désire.

— On dirait que cela vous fait plaisir ! lança Lucie.

— Je constate, dit le commissaire et je lis : « J'entrerai en toi. Je choisirai ma porte. »

Il soupira.

— Qu'en pensez-vous, monsieur Charmin ? Vous avez l'air de vous retenir !

— Il est tout remué, dit Lucie. Il pense que c'est mal de me menacer, moi qui n'ai jamais fait que le bien. Comment le bon Dieu peut-il accepter cela ? M. Charmin est en colère contre Dieu et forcément, il se retient, à quoi ça sert ? Autrefois, avant un accident, nous faisions quelques petites promenades ensemble. Il se mettait tout à coup en colère contre le ciel.

— Je suis au mieux avec le ciel, dit tranquillement Charmin.

— Celle-ci est plus curieuse, dit le commissaire en feuilletant : « Seulette, retire ta main. Hume-la pour moi, voleuse ! Jules. »

— Le diable ! lança Lucie Macarelle.

Les deux hommes la regardaient. Quelle idée m'a prise de ne pas brûler ces papiers infâmes ! Il faudrait tout garder pour soi.

— Evidemment, dit-elle, rien de plus banal, ça arrive à tout le monde. On ne peut pas vivre sans caresses.

— Certes, dit le commissaire, les statistiques sont là. Le monde est peuplé de solitaires.

— Le diable ! reprit Lucie Macarelle, et j'ai pris ma décision.

— Un moment, dit le bibliothécaire. Je vide mon sac et sans arrière-pensée. Vous attaquez Jules Bouc, Lucie Macarelle. Je suis là pour le défendre.

— Que me chantez-vous là ? Je suis à son service.

— Rébellion de servante, peut-être ! Qui dit que vous n'avez pas écrit vous-même ces lettres anonymes et que vous ne vous les êtes pas envoyées ?

— Je n'y avais pas songé, avoua le commissaire.

Lucie Macarelle crut que la terre venait de faire un tour complet sur elle-même. Elle ferma les yeux.

— C'est facile de laisser croire des choses vaguement et d'évoquer le diable !

— Quelle mouche vous pique, monsieur Charmin ? demanda le commissaire.

— Est-ce qu'une méchante lettre avec laquelle un malade s'est torché l'âme peut voisiner avec les Mémoires de notre poète ? Vous avez une tâche officielle, Lucie, vous êtes donc en butte aux flèches de la tourbe. Pourquoi ne brûlez-vous pas ces papiers souillés ? Quel plaisir inavouable en tirez-vous ?

— Comment avez-vous pu penser que je pouvais les écrire, vous, monsieur Charmin ? Je vous l'annonce avant d'en aviser le conseil et le maire : je ne m'occupe plus de Jules Bouc ! Vous n'aurez aucune peine à trouver ma remplaçante, et je retrouverai la paix.

— Il est exact, dit le commissaire, que depuis que nous avons un grand homme, la vie n'est plus simple. En ce qui me concerne j'avais des crimes ordinaires, les voici diaboliques, et je suis peu doué pour l'interrogatoire de l'au-delà.

— Lucie, dit avec douceur M. Charmin, je vous demande pardon. Je ne sais quelle force m'a subitement secoué.

— Si nous prenions un pousse-café ? proposa le commissaire, mais Lucie Macarelle s'était levée.

— Je porterai mes dossiers à la bibliothèque, dit-elle avec calme. Je ne veux plus entendre parler de grand homme.

— Lucie, dit Charmin, n'allez-vous pas vous ennuyer ?

— J'ai un nouvel ami, dit-elle, un vrai, qui ne me demande rien et qui tient à rester tranquille dans son coin.

— Ah ?

— Depuis hier, et c'est un signe du ciel.

— Je le connais ? demanda Charmin de nouveau jaloux.

— Peut-être l'avez-vous rencontré. C'est un malheureux qui a dû traîner dans la ville pendant des jours, vu son état.

— Un suspect ? demanda le commissaire. Encore un inconnu ? Mais d'où tombent-ils ? Quelle époque ! Priez-le de venir me voir.

— Non.

— Je le ferai chercher.

— Je ne veux pas !

— Que craignez-vous ? Venez avec lui !

— Je crois que nous nous sommes tout dit. On ne me reprendra plus à faire un bon geste. Le dernier a été pour lui, quand j'ai ouvert ma porte. J'allais chercher votre sale courrier à la poste. Il était là, sur le paillasson. Immobile.

— Il vous guettait ?

— Avec son grand œil plein de mille questions. La queue basse.

— Ah bon ! s'écria M. Charmin. Vous lui avez donné un nom ?

— Un instant ! réclama le commissaire. On ne change pas de nom comme de chemise !

— Il ne portait sûrement pas de collier, précisa le bibliothécaire. Il s'agit d'un chien, n'est-ce pas, Lucie ?

— Je perds le fil, dit le commissaire. De quel chien s'agit-il ?

— Celui qui attendait sur le paillasson de notre amie, la queue basse.

— Je n'avais pas reclaqué la porte qu'il est entré comme chez lui, dit-elle, avec cette aisance que l'on rencontre quelquefois dans les romans d'amour où du premier coup d'œil on perce à jour la vie de l'autre mieux que sa propre vie, et j'ai cru que nous nous connaissions depuis toujours, faits pour nous entendre et comme si nous nous étions déjà tout dit. Je n'ai même pas eu à parler dans ma tête. Je l'ai appelé Bouc.

— Je l'envie, dit Charmin.

— Un bâtard jaune, blanc, noir, borgne, mais l'œil bleu.

— Je remarque une fois de plus, dit le commissaire, combien la police est tenue à l'écart, bien que vous sachiez qu'elle finira par aller chez vous. Il était si simple de dire : j'ai trouvé un chien. Voilà notre drame, et la longueur de nos enquêtes !

— Je n'ai qu'à dire : Bouc ? et son œil dit : « Oui, que veux-tu ? J'ai tout apporté ! » Et le monde est derrière lui comme s'il venait de le lâcher. D'un instant à l'autre j'oubliai le vrai Bouc, Jules ! Je me grondai. Je m'efforçai de découper les derniers journaux et je reçus encore une lettre anonyme, celle que j'ai laissée fermée. Ma décision était prise.

— Vous avez cru nous aimer, dit gravement Charmin. Vous nous avez fait traverser le boulevard. Vous avez été la chaisière dans l'église de Bouc et vous n'étiez pas des nôtres ! Tout compte fait, vous nous avez préféré un chien ! Et l'appeler Bouc ! Epargnez-nous l'hymne à la gloire des bêtes, sinon je vous prendrai en pitié. Il y a des limites en deçà desquelles je ne veux pas descendre. Au revoir, monsieur le commissaire ! Adieu, mademoiselle.

Il sortit.

— Qu'est-ce qu'on lui a fait ? demanda le commissaire.

— C'est un homme seul, dit Lucie Macarelle. Il lui manque un chien.

Le commissaire sortit un cure-dent de son gilet, ouvrit l'enveloppe que Lucie n'avait pas ouverte, en sortit la lettre, la retourna plusieurs fois, en essaya la transparence.

— Vous n'auriez pas un miroir, mademoiselle Macarelle ?

— Depuis bien longtemps, non !

— Votre correspondant redouble de vice. Il lui faut les jeux de glace, à présent. Venez voir.

Le commissaire ferma les persiennes de la fenêtre derrière le bureau et soulevant les rideaux présenta la feuille devant la vitre qui la réfléchissait. On entendit des abois tristes comme des pleurs. Lucie Macarelle se tenait derrière l'homme et regardait dans le miroir improvisé les yeux sombres et le crâne chauve du policier, dernier messager de

Jules Bouc, envoyé de l'au-delà avec un faire-part dont les lettres se suivaient détachées et de guingois dans une danse macabre. Elle n'avait pas envie de lire ni d'écouter, mais la voix sortait du sépulcre. « Je suis en toi. Est-ce que tu me sens ? » Le commissaire s'approcha de la vitre pour mieux voir. Il paraissait rêver et rouvrit la fenêtre. Le chien au milieu du gravier fit le beau.

— Bouc ! Gentil Bouc ! J'arrive ! dit Lucie.

— Ah ! je croyais que vous parliez de l'autre ! Lucie Macarelle ? De vous à moi ? Vivement les fêtes ! Que cette page de Nocquoÿ soit tournée ! C'est une mise en scène terrible. Certes j'aurai des renforts de Paris, mais quel métier, si vous saviez ! Je ne vois que la face noire des choses. Pendant que vous regardez les jambes des majorettes ou les belles bleues du feu d'artifice, moi j'observe les voleurs à la tire, je file le maniaque. Nous allons voir des présidents, des rois peut-être, et je les comprends, il faut qu'ils se sentent encore utiles ! Vous allez applaudir les diadèmes et les carrosses, moi je soulèverai les poubelles et les bouches d'égout. Devant le voile de la statue vous frémirez dans l'attente de l'apparition, de l'idéal, moi prêt à bondir sur l'anarchiste, à sauter sur la bombe !

— Je vous montre l'exemple, dit Lucie Macarelle, coupez les ponts !

— Dans trois ans, dit le commissaire. Alors enfin, j'irai dans la foule regarder les carrosses et les bouquets.

Le chien aboyait clair.

— Ne le faites plus attendre, dit-il. Bouc veut sa promenade. Moi, je reçois M. Hérissart. Lorsque nous aurons cette statue, où qu'ils la mettent, la fièvre tombera. Mlle Ponchard dit un mot très juste : ce sera l'abcès de fixation.

Le commissaire resta seul un moment et rangea les chemises de Lucie dans le tiroir à clé de son bureau, celui qui préservait du jour les photographies audacieuses saisies sur des clients et qui lui offrait de langoureux entractes.

— Il faudra doubler les barrières.

— Je m'en charge, dit Hérissart. Je viens de croiser Lucie Macarelle qui gambadait avec un chien, je ne la reconnais plus. Mais l'important reste le cadavre que nous avons sur les bras. Le maire et le conseil voudraient une solution rapide. Que la ville soit intacte pour la célébration. Le directeur du *Réveil* a donné des ordres : on n'en parle plus. Or, Valentin Thouin préférerait une dernière annonce, du genre : la victime et le criminel sont des étrangers de passage, venus là pour régler leurs comptes.

— Evidemment, dit le commissaire en posant et gardant fermement les mains sur son crâne, l'intérêt de tous est la seule vérité.

— Trouvons un Turc... un Libanais ?

— Plutôt des vieillards britanniques, dit le policier, déchirés par un demi-siècle d'amour pour une danseuse de la Grande Guerre. Après une visite aux cimetières militaires de la région où tant des leurs sont restés, vous me suivez ? Ils arrivent à Nocquoÿ et c'est le drame, le dépeçage. Le survivant va se pendre. L'hospice nous trouvera la pièce. Il suffit de dénicher un arbre au plus profond de la forêt. Omer Desainte nous le choisira.

— Ce sera le couronnement de votre carrière, dit Hérissart.

— Bien que finalement nous nous trouvions en présence d'une œuvre collective. Foi de conjurés ?

— Foi de conjurés, reprit sans hâte Hérissart qui trouvait la formule un peu forte.

Ils se serrèrent la main et le commissaire sortit de sa poche un mouchoir plié, qu'il déplia, pour s'essuyer les paumes.

Lentement, dans l'air épais, et s'arrêtant aux devantures, M. Charmin songeait en alternance qu'il était irremplaçable et vain. La vie se refermerait derrière lui comme la mer sur le sillage d'un bateau. Lucie Macarelle offrait le dernier exemple de l'être transitoire. On lui avait enlevé le téléphone et les classeurs. La femme d'Omer Desainte s'occupait à présent du service de presse de Jules Bouc, à son domicile, dans une aile des Haras. M. Charmin s'épongea. L'été s'affolait dans sa porte ouverte. Lucie passa, son chien au bout d'une laisse élastique. Elle souriait aux anges et traversa le boulevard par enchantement, sans souci de la circulation. La ferraille s'arrêtait pour elle, piquant du capot. Ainsi, pensait M. Charmin, marchent droit dans leur monde les poètes. Macarelle macarellise, Bouc bouquine et je charmine. Nocquoÿ est peuplée d'idées fixes. Il s'arrêta devant *L'Encrier d'or*, la principale librairie, où d'une étagère de manuels d'histoire tombait artistiquement une avalanche de gommes, de crayons, de mouilleurs, d'agrafes et de trombones noués à des ficelles. Le portrait présumé de Jules Bouc, moustaches en crocs, prunelles rêveuses, regardait une mouche immobile sur la vitre, dans la grande chaleur triste. Une banderole annonçait les réjouissances. Il y aurait un vin d'honneur.

Charmin reprit sa route et ses pensées. Il se mit une fois de plus à douter. Pourrait-il jamais parler la langue du grand Jules ? N'y a-t-il pas malhonnêteté à le remplacer par la mienne ? Et surtout, ne serais-je pas le voleur volé ? C'est lui que l'on applaudira. Ma chanson se perd dans sa bouche.

— Vous paraissez épuisé, dit Mme Omer Desainte. Comment vont les sonnets ?

— J'en vois le bout, dit Charmin à cheval sur une chaise.

Il faisait frais dans ces grosses pierres et ces hauts plafonds des Haras. Eblouissante, la carafe d'eau sur la table basse attirait toute la lumière, et sur le piano à queue de laque noire l'abat-jour à pans coupés d'une lampe levait sa pyramide tronquée couleur de chair.

— Pyramide ! murmura joyeusement M. Charmin. Depuis toujours je cherche cette rime. Je l'avais sur le bout de la langue et elle ne sortait pas ! La Chatte et l'Oiseau après le combat reposent dans la même pyramide. La réconciliation, après la mort, que donne l'amour en chasse. Car la chatte a dévoré l'oiseau qui l'étouffe à son tour. Jules Bouc nous laisse l'œil humide. Heureux abat-jour !

— Il est en peau humaine, dit Mme Desainte. Omer l'a gagné dans une vente de charité, en Allemagne, quand il est allé montrer nos deux étalons à la grande foire de Bavière. C'est une relique plus qu'un objet d'art. Une sainte tunique naturelle. On ne sait pas qui l'a portée.

M. Charmin frissonna. A la main de nains noirs en casquette, d'énormes boulonnais d'un blanc de neige tournaient autour du gazon sous les stores orange à demi baissés des fenêtres. Les couleurs un instant quittèrent leurs formes dans un manège accéléré. M. Charmin ferma les yeux.

— Voulez-vous quelque chose dans votre eau ? demanda Mme Desainte.

— Non, de l'eau, beaucoup d'eau.

— Il est arrivé une thèse du Connecticut, d'une étudiante en langues romanes, sur notre ami. « De la prééminence de l'homme et de son entourage sur l'œuvre elle-même. Un poète de notre temps, Jules Bouc. » Je l'ai parcourue. Il s'agit d'une thèse sur l'attente. Le poème ne serait qu'une erreur, un heurtoir dans l'attente. Le jury l'a félicitée.

Elle passa la brochure à Charmin qui mouilla son majeur pour la feuilleter, le menton au dossier de la chaise.

— La dédicace est chaleureuse.

— L'Amérique ! dit Mme Desainte.

— « A ma mère bien-aimée.

A mon père qui disparut un soir de carnaval. Où qu'il soit qu'il soit béni !

à mes frères aînés Scott et Wilson

à mes cadets Ian et James

à Gilda, ma sœur jumelle

à Penny Million qui m'enseigna le rudiment

à mes maîtres Artaban Knight, Zwingle Carter et Joseph Ontario

au *Réveil de Nocquoÿ*

à... » Je lirai la suite à tête reposée.

— Alors ? dit Omer Desainte qui flottait dans sa culotte de peau, quoi de neuf, cher ami ?

— Il est épuisé, dit Mme Desainte.

— Manque d'exercice ! Faites donc du cheval ailleurs que sur une chaise.

— J'en ai fait autrefois, dit-il, et le souvenir de sa jeune ardeur le rompait de plus belle. Les « j'aurais pu », « j'aurais dû » commençaient leur branle crépusculaire. Les courses à travers la forêt, les descentes du fleuve à la nage, les séances de tir à l'arc si longues que la cible finit par tourner sur le mur de paille comme une chienne qui fait son rond, les départs à l'aube ruisselante où restent collées en feuilles les dernières étoiles et elles se détachent au premier coup de fusil, l'escrime dans la salle d'armes qui sent la toilette et le chien, la lutte à mains nues avec les mâles devant les filles assises à cru sur la sciure. J'en ai fait beaucoup, mais je ne suis pas venu raconter ma vie. Je suis là pour cueillir encore un souvenir sur Jules Bouc. Avez-vous trouvé quelque chose, madame Omer Desainte ?

— La plupart des envois se répètent, dit-elle. Une personne lance une nouvelle. Les autres la copient.

— Ce qui m'inquiète, dit le directeur des Haras, c'est la pureté de la semence, comme pour mes chevaux. Ce qu'a dit ou fait réellement notre grand homme. Je veux une histoire d'aussi bonne race que celle de mes étalons.

— J'y veille, dit calmement Charmin. Je fais le pied de grue à la porte, votre fameux pédigree !

— Et quels sont vos critères ?

— Le nez.

— Comme pour le reste !

— Sauf les femmes, dit Charmin.

Mme Desainte respira orgueilleusement et garda un moment l'air inspiré laissant offerts hors de leurs corbeilles ses seins en pêches.

— Eh bien, dit-elle, Jules Bouc me met dans tous mes états. Quand on m'offrit de reprendre les études commencées par Lucie Macarelle je n'ai pas osé me dérober par vanité, pour que l'on ne puisse dire que je ne saurais apporter mon obole à la quête, et je me disais, ma petite, te voilà bien punie, allez ! fais ton pensum ! or il n'en est rien. Je me suis mise à l'aimer. Plus je réveille de confidences, plus j'entre dans le mystère, plus j'adore. Il pourrait me demander de faire n'importe quoi si d'aventure il passait cette porte. Je crois que seule une femme peut le bien comprendre.

— Il est exact, dit Omer Desainte, que je ne reconnais plus Yolande depuis qu'elle est dans vos papiers.

— Ce sont aussi les vôtres, dit Charmin. Ce sont les papiers de tous.

— Il m'arrive même de croire qu'il est entré, qu'il me souffle dans le cou. J'hésite à me retourner. S'il était là, grand, fin, royal et silencieux ! J'espère que Dièze saura rendre tout cela.

— Où en est-il ? demanda Desainte.

— Je l'ai vu, avant-hier, dit Charmin. Je lui ai posé la question. Il hésite encore.

— Je vois un beau marbre veiné sombre, dit Yolande, une statue colonne d'où se détache à peine, tenu à la main, très bas, un chapeau. Jules Bouc se présente humblement, saintement, et salue le monde. Il a l'air de dire : le ciel m'a fait un don, je vous l'offre.

— Qu'est-ce que vous écrivez ? demanda Omer.

— Je note. Votre pensée, madame, me fait penser. Je monte sur les hauteurs dont j'ai rêvé.

M. Charmin regardait la levée merveilleuse des seins hors de la cotonnade à bretelles. Et pendant ce temps-là, je rêvais à une infirme, à une Lucie Macarelle ! Je n'avais d'yeux que pour Mme Sterb dont le sexe doit ressembler à l'œil de sa guitare ! Je songeais à des folies avec Mlle Ponchard, sa trousse et ses compresses !

— Je vous laisse, dit le directeur des Haras. Travaillez bien. Un pur-sang vient d'arriver. Il faut que j'aille le voir de près.

— Je reprendrai bien un peu d'eau, dit M. Charmin.

— Je vous accompagne, dit Yolande.

Et sa façon de boire ! lente ! jusqu'au bout ! La plaisante élégance ! Il y a deux sortes de femmes : celles qui savent tenir un verre délicatement avec juste les doigts qu'il faut, et les autres qui vous le saisissent brutalement, et hop !

— J'ai choisi, dit M. Charmin.

— Mais voudra-t-on de mon projet ? dit-elle. Croyez-vous que je puisse en parler à Dièze ?

— Non, dit Charmin, vous connaissez la susceptibilité des artistes. Ce qui ne vient pas d'eux ! Moi-même, parfois, je me pose la question. Si Jules revenait, aimerait-il ses sonnets ? Me traiterait-il de Viollet-le-Duc ? Reconnaîtrait-il sa cathédrale ? Est-ce une raison parce qu'il est mort pour ne plus l'entendre avec ses propres inflexions ? Quand il se récitait « La Chatte et l'Oiseau », pleurait-il au dernier sonnet ? Sa voix ne s'étranglait-elle pas au premier alexandrin ? Je vous parle à cœur ouvert, madame Desainte.

— Appelez-moi Yolande.

— Un soir, en peaufinant le onzième vers du neuvième sonnet, je fus pris d'un fou rire, et cependant mon oiseau tragiquement étendu devant la chatte lovée lançait à tue-tête sa dernière note, oui, je riais. Jules Bouc que vous croyez si grave n'a-t-il jamais pouffé, la plume en main ? Mystère de la création !

— Je ne pense pas que Dieu se soit esclaffé au matin du monde, dit Mme Desainte.

— Il n'y a en effet pas de quoi.

— Si l'on avait entendu un rire ce serait celui de son ombre, que je ne veux pas nommer.

— Le diable ?

— Mon Dieu ! s'écria Yolande. N'en parlez pas, et il ne sera pas. Comme dit Omer qui est un époux très sage : revenons à nos étalons.

Charmin songeait : elles seront toujours sur ma route comme de charmants épouvantails. Elles apparaissent, me font signe, me tendent les bras, j'approche et c'est la guenille d'un autre, qui a beaucoup servi.

— Nous avons reçu quelques souvenirs cette semaine. J'ai changé du tout au tout le classement de Mlle Macarelle qui jouait sur les sentiments : chemise amour, chemise amitié, chemise chagrins...

— La vie, dit Charmin.

— Elle est aussi dans mes registres, Cahier enfance. Cahier maturité. Cahier déclin. Cette carte postale va tout droit dans le premier cahier. Elle est timbrée de Carcassonne.

M. Charmin regarda la rue d'un bourg de l'Aude. Une flèche indique une maison au fond de la perspective que ferment deux ondulations de montagnes, basse demeure à fenêtre unique, porte ronde sous un toit plat. Il la retourna. Une écriture d'école à l'encre violette bute contre l'adresse écrite à la verticale. « Monsieur le Maire, la maison signalée abrita une famille Bouc qui travaillait la vigne. Le père avait une jambe de bois qu'il ôtait pour frapper son gamin jusqu'en pleine rue. Ne serait-ce pas le Jules dont vous avez parlé à la télévision dans l'émission “ Terroirs à secrets ” ? C'étaient de braves gens qui parlaient peu comme tous les braves gens. La maison a disparu, frappée par la foudre dans l'incendie du siècle. Les vignes appartiennent aujourd'hui à la coopérative. Le gamin était avancé pour son âge. On l'employait aux écritures, à la mairie. J'ai quitté le pays qu'il était encore en culottes courtes. Je suis rentrée des Postes pour ma retraite, il y a trente-cinq ans. Je tiens ces souvenirs de ma tante Colombe, institutrice défunte. Dans l'espoir de vous servir. Fabrine Cabardès. »

— Puis-je ? demanda Charmin en tirant de sa poche la pipe à corps de sirène.

— J'aime, dit Yolande. Et cette lettre qui nous vient des

Saintes-Maries-de-la-Mer. Je vous la lis : « S'agirait-il d'un parent du nommé Bouc qui expliquait aux visiteurs la véritable histoire de sainte Sarah ? Ses trois naufrages qui la couvrirent de perles et payèrent ses obsèques, musiciens et bateleurs ? Cet homme vivait avec un jeune garçon, dans la cabane qu'il habitait en plein marais, un enfant pieux qui restait dans l'église pendant que le vieux discourait auprès de la sainte et vendait des cierges. Il l'avait trouvé dans un arbre, dormant dans un filet, au-dessus d'un feu éteint, abandonné, disait-il, par une fille d'Arles de la meilleure société. Je connais cet arbre au bord du Vaccarès. On y lit toujours un B gravé que le temps écartèle. Cette origine expliquerait la gravité du poète dont fait état votre bulletin municipal que j'ai recueilli sur la banquette d'un train récemment, avec un gant perdu, en belle peau. Je ne fais pas partie, Dieu merci, de ce monde qui ne respecte rien et n'a aucun soin de ses affaires. Quand on sait ce que vaut aujourd'hui une paire de gants ! Par bonheur, Monsieur le secrétaire, la ville de Nocquoÿ ne néglige pas les signes et ne jette pas ses chaussettes pour un trou : elle le bouche. Veuillez accepter les vœux d'une amoureuse du patrimoine. Julia Chapellane. » On se sent réconforté, n'est-ce pas ?

— On ne dira surtout jamais assez l'importance des trains, dit-il dans un nuage de tabac. J'ai moi-même trouvé jadis en montant dans un wagon de correspondance le *Roman d'un bibliothécaire.* Je me trouvais en permission. Je me demandais ce que je ferais, libéré de la caserne, et cette lecture m'a montré le Paradis, moi qui n'eus qu'une jeunesse triste.

M. Charmin sourit pour chasser l'ombre qui revenait si souvent sur son âme et but un nouveau verre d'eau. Les gros chevaux éblouissants, crinière et queue tressées, trottaient toujours autour de l'immense bouclier d'herbe marqué aux armes de la ville et moulaient la lumière. Une guêpe se posa sur la table et Mme Desainte, surprenant Charmin par sa promptitude et sa violence, ôta sa sandale et d'un coup écrasa l'insecte. Le fond d'eau se balança dans la carafe. Les vitres ouvertes en renvoyaient les éclats. Charmin devant la dureté soudaine du visage de Mme Desainte détourna son regard sur le fourneau de sa pipe et tassa de son pouce brûlé par l'habitude le tabac grésillant. Extraordinaire violence de la femme ! Etonnant changement à vue ! Reste seul, mon petit, reste seul. Que sont les beaux seins devenus ? Tu ne vois jamais qu'ondulations et caresses et c'est le coup de reins, la griffe !

— Je vous ai fait peur ? demanda Yolande.

— Pas du tout. Si nous laissions les insectes nous envahir !

— Omer dit qu'ils seront vainqueurs, un jour. Les seuls à rester. Des milliards de milliards, à je ne sais quelle puissance.

Charmin s'enveloppa de fumée. Elle raconte cela avec un certain plaisir, apparemment, quelle perversité ! Une si belle créature. Une peau si fine. Des yeux qui redeviennent si maternels, et la voilà qui me touche la main du bout des doigts comme faisait maman au moment de la prière, parce que nous étions agenouillés et que j'arrêtais mon oraison pour rêver.

— Voulez-vous que nous continuions ? demanda la voix charmante. Avez-vous encore un petit moment ? J'ai un peu honte de prendre sur votre temps d'écriture.

— J'écris ce que j'entends, répondit gracieusement Charmin. Je vous écoute.

— « Mademoiselle, je tiens à vous signaler la vive impression que m'a faite l'émission " Terroirs à secrets ". Je suis sous-directeur de la Banque Elzévir à Châtre-sur-

Aunelle et j'ai fait mes débuts à Nocquoÿ chez les Benoît-Pot dont j'apprends le parrainage de votre association à la gloire du poète Jules Bouc. C'est un geste qui ne m'étonne pas de la part d'une famille hors du commun, dévouée aux plus nobles causes et d'une rare élévation d'esprit. Seule une promotion m'a pu les faire quitter, mais je tiens de M. Benoît-Pot le goût des lieux de culte et je rédige depuis mon arrivée dans ce cœur de la France le catalogue des chapelles, oratoires, églises et cathédrales. J'eus la surprise de trouver dans la basilique Saint-Arnolphe à Concise, tapissée d'ex-voto, l'action de grâce suivante dont il reste des traces de dorure alors que les autres marbres ont des inscriptions en noir, ce qui tendrait à prouver une certaine richesse de la donatrice. En grosses lettres : “ Merci pour la naissance de Jules. ” En petites dans l'angle gauche au bas, quand les noms, assez rares, sont tous dans le coin droit : “ Aurore Bouc ”. D'après les dates environnantes cela correspond au temps de votre poète. Faut-il y voir le merci d'une femme qui ne croyait plus en son ventre ? d'une fille qui venait enfin de trouver un époux ou quelque géniteur venant à l'aide d'un mari impuissant ? S'agit-il d'une naissance particulièrement douloureuse ou du salut joyeux d'une mère étonnée par la vivacité de son marmot ? Il ne m'appartient pas de trancher. J'espère simplement que vous avez déjà les données qui éclaireront ce problème. Il me plaît d'espérer que votre Jules Bouc a bien vu le jour dans cette France profonde, claire et fraîche, que ses premiers regards se sont posés sur le paysage le plus souple...

— Qui fait le chat sous l'aile d'un ciel taquin, je vois ! Jules, dès le premier jour, a le titre de son œuvre, coupa M. Charmin.

— ... Et qu'il est bien le fils de cette Aurore. Veuillez croire, Madame, à mes vœux les plus chers. »

Les chevaux avaient cessé leur manège et leur odeur tournait toujours, l'un des charmes les plus réussis de la création. M. Charmin avait délaissé la sirène et bourré le zouave. Mme Desainte gratta une allumette et s'agenouilla pour l'allumer.

— Plus Jules se dessine, moins je le vois, dit-il.

— Parce que nous ne sommes pas sûrs de prendre le bon train, voulez-vous dire ?

— Il était si net autrefois dans mes songes !

— Le vrai déçoit donc ?

— Le vrai en général, oui, assez.

— Courage ! Ne pensez pas qu'à vous ! Le grand Dièze, pour ne prendre que lui, connaît vos problèmes. Il vient souvent s'installer dans les écuries pour croquer un arabe, un boulonnais, même les mules dont nous développons la fine fleur. Il ne sait toujours pas où vont ses préférences, mais nous aurons un cheval, nous aurons Pégase ! Sait-on où l'on érige définitivement la statue ?

— Pas encore. Hérissart a fait une scène, l'autre jour. Il dit que la base repose sur lui et qu'il n'aura bientôt plus le temps de la couler. Je crois qu'il remue beaucoup d'air, mais quand même. Dièze aussi ! Il l'a son cheval ! Je l'ai vu dans l'atelier. Il suffit de lui mettre des ailes, de l'installer sur un rocher, de lui faire donner un coup de sabot, et la source heureuse jaillit !

— Vous avez vos sonnets ?

— Il me manque toujours un pied !

Mme Desainte le vit se concentrer et compter en silence, d'une main de pianiste sur le bras du fauteuil.

— Je boite encore, dit-il. C'est la fin le plus difficile. En tout.

— Vous êtes simplement épuisé, je vous l'ai dit.

— « Mon fil trop long frissonne et touche presque au glaive ! »

— Eh bien, voilà ! Vous avez trouvé !

— Dans Victor Hugo, hélas !

— Ce n'est pas de vous ?

— Il me l'a pris, dit l'homme des livres.

C'est le temps des jardins, des ombres qui ont la consistance de l'eau et bougent sous les arbres, des voix qui s'élèvent à peine et passent dans le silence avec un tremblement de voiles sur l'abîme ensoleillé, des hautes communions de la lumière et des couleurs immobiles, du blanc d'entre les lignes pour l'œil qui perd le fil de l'histoire et fixe sans le savoir au centre de la cible le bonheur, le bel oubli, c'est l'été. Jeanne et Dièze nus sur l'herbe dorment la main dans la main. Un chat sommeille sur le mur, et la porte béante de l'atelier laisse deviner les dieux inachevés et pâles autour de la femme ouverte.

En nœud papillon Charmin sous un chapeau de paille arrivait au bout de l'impasse. Le soleil lui donnait un pas d'homme ivre. Il frappa et entra dans la fraîcheur, mais à peine se fut-il avancé qu'il éprouva la peur aux ondulations qui se replient, celle que connut au premier jour le serpent au Paradis. Les amants superbes dormaient dans la candeur. Il s'épongea le front et s'assit sur un tabouret. Jamais il n'avait vu spectacle aussi pur, aussi complet. Il remercia le ciel de lui avoir gardé de bons yeux. Les lunettes me sont nécessaires de près, mais je distingue une mouche à vingt mètres. Que fait-elle celle-là sur le genou de Madame Luge ?

Elle ne va pas la réveiller ? Elle ne va pas gâcher cet ordre divin ! A la bonne heure, elle reprend son vol ! La voilà qui revient, l'ignoble, qui se pose, où va-t-elle se poser ? Ah ! sur le gros orteil de Dièze. Pourquoi avoir fait les mouches ? Peut-on m'expliquer ? M. Charmin fit le geste inutile de la chasser. Ce misérable point noir gâchait tout ! N'y aurait-il aucune œuvre parfaite au monde ? Serait-on à jamais au moment de chavirer ? Il voulut croire un instant, comme la mouche allait se poser sur la joue de Jeanne, que la femme se l'était posée elle-même pour faire ressortir la blancheur de sa peau, mais la beauté n'a nul besoin de coquetterie ! L'insecte s'éloigna et le couple insensible redevint merveilleux. M. Charmin s'abandonna. Le regard fixe il vit passer l'alexandrin qu'il avait si longtemps cherché et qui parachevait l'ensemble de « La Chatte et l'Oiseau ». Il voulut le noter, mais le temps de sortir pense-bête et crayon, la cadence avait disparu. Il revint à sa contemplation.

La lumière s'était défaite et le vent levé quand Jeanne et Dièze trouvèrent M. Charmin endormi dans l'atelier, et la tête et les coudes sur les dessins de la grande table. Jeanne éclata de rire et lui toucha l'épaule.

— Habille-toi ! dit Dièze en ceignant son tablier de travail.

— Monsieur le bibliothécaire, vous savez tout, maintenant ! Vous ne direz rien, c'est promis ?

Elle eut un nouveau rire éclatant et le tira par la manche. Le bras tomba. Il était mort.

On l'enterra fort civilement. Chacun l'aimait beaucoup. On entendit dans le cortège que c'était un homme qui n'aurait pas fait de mal à une mouche.

Et la vie poursuivit ses farces.

— Une très belle cérémonie, déclara Germaine Estrellas qui essayait de creuser encore sa voix. Le ciel était radieux.

— Figurez-vous, dit Mlle Ponchard, que j'ai cru rêver, au cimetière. J'ai essuyé mes verres, mais ça ne venait pas de mes lunettes, je ne voyais pas double.

— Dièze et Thouin ? lança Germaine.

— Oui, et Jeanne entre les deux.

— En effet, on aurait juré qu'elle avait deux fois le même homme, dit Mme Sterb.

— Si j'osais, dit Mlle Ponchard, je dirais à M. Thouin d'enlever ses faux sourcils. Il finira par attraper des dartres, c'est la maladie des postiches. Une sorte de champignon qui gagne.

— C'est fait, dit la patronne. Il m'a dit : « Vous croyez ? » Je lui ai répondu : « Cette absence de sourcils fait votre charme, on vous remarque. Croyez-vous que l'on se détourne quand on rencontre Dièze ? Madame Luge mise à part ? Et je la soupçonne aussi de fuir quelquefois. Je suis sûre qu'il lui fait peur. »

— On ne reste pas avec quelqu'un qui vous fait peur ! lança Mme Sterb.

— Mon enfant ! laissa tomber Germaine, le vrai danger est celui qui se tient à distance. Le nez dessus, il n'a plus la place pour s'élancer ! Ne venez pas me dire que je suis inconséquente ! Je sais simplement manœuvrer les hommes.

— J'ai vu Valentin Thouin ce matin, reprit Mme Sterb. Il a suivi vos conseils. Cette absence de sourcils !

— Que vous disais-je !

Mme Desainte ouvrit son sac et en sortit une lettre.

— Un pan de la notoriété de notre poète restait obscur...

— C'est le charme des vies, dit Mme Estrellas.

— Oui, renchérit Mme Sterb, si nous savions tout il ne resterait rien pour rêver, c'est pourquoi il y a de grands silences dans la musique.

— Vous coupez toujours tout le monde ! dit Germaine.

On vous écoute, ma petite Desainte. Que devient Omer ? Il paraît qu'il a eu des furoncles ? Un cavalier comme lui ? Comment je le sais ? Mais tout se sait, tout finit par se savoir ! Vous rappelez-vous Lady Burnes ?

— Elle habitait le quartier des Avenues ?

— En haut, ce qu'il y a de plus chic. Nous allions chasser à courre ensemble. Elle montait en amazone. Je la vois un jour sur la fesse gauche. « Vous ne montez plus à droite ? » Elle me répond : « J'ai un furoncle. » La semaine suivante, changement de côté. Je lui dis : « Vous en avez un autre ? » Non, j'en prenais soin, je veux qu'il crève ! Cet abcès vient de mon âme et punit une tromperie. Ce n'est pas Lord Burnes le cocu, mais moi-même. »

— Un tempérament exceptionnel.

— L'imprudente ! Elle pouvait essaimer, dit Mlle Ponchard. La vertu cause aussi des dégâts...

Estrellas fit une entrée à l'anglaise. Au détour d'une phrase, les dames le trouvèrent assis non loin d'elles, un verre de champagne entre les genoux, l'œil en berne, les pieds chaussés d'un fin cuir mauve et blanc.

— Si tu ne veux rien dire, personne ne te force ! lança la patronne.

Il baisse un peu plus la tête. Germaine insiste.

— Tu as un chagrin d'amour ? — Et, se tournant vers les invités : — C'est toujours un grand enfant ! On a l'œil plus gros que le ventre.

— C'est la loi des séries, dit Estrellas en se dépliant d'un soupir, déjà la mort de Charmin...

— Quel malheur allez-vous nous servir ? demanda Mlle Ponchard.

— On va fermer la rue du Bon-Sens.

— Le *Domino* ? s'écria la patronne. Ton plus beau laboratoire ? Tu veux faire l'intéressant ?

— Hélas !
— Le commissaire est au courant ?
— Cela vient de plus haut.
— Et pourquoi ? demanda Mme Sterb. Mon mari m'a toujours dit que c'est le plus tentant hammam qu'il ait connu, le plus propre, avec des salons rafraîchissants, un personnel actif et discret, une salle de projection.
— Le premier choix, dit la patronne. Ils n'ont pas mieux à Paris, même tes autres laboratoires ne lui arrivent pas à la cheville !
Les bras tendus sur l'appui de la fenêtre, Estrellas, en premier grand rôle qui se permet de tourner le dos au public avant de jeter le mot fatal, regardait la place du Sablier. Le soleil était implacable.
— Yasmina, dit-il en se retournant.
— Qui ? demanda Mme Sterb.
— Ma relation publique la plus demandée.
— La fille d'Ahmed qui sert les meilleures merguez du monde, précisa la patronne. La sœur aînée de l'adorable Cassius. Ravissante dans la fleur de ses treize ans.
— On ne la voyait guère, dit Mlle Ponchard.
— Elle n'avait pas le temps de sortir, dit Estrellas.
— Elle est morte ? demanda enfin Mlle Ponchard.
— Non, mais son client. Un inspecteur de Paris. L'autre est le témoin capital.
— Quel autre ?
— Le collègue qui l'accompagnait. Il a filmé la scène. Les preuves sont accablantes.
— Je ne comprends pas bien, dit Mme Sterb. On vous surveillait ?
— Pas le moins du monde. Ces messieurs venaient prendre les dispositions de sécurité pour les fêtes. Le ministre tient à venir en personne honorer Jules Bouc.

— Alors nous ne craignons rien, dit Mme Estrellas. Je m'en charge. Que viens-tu nous chanter la loi des séries ! Les hommes ne savent pas se retenir, voilà tout. Mes bonnes amies, Estrellas une fois de plus m'a creusée. Que diriez-vous d'une petite douceur ?

Elle sortit un bocal de dragées. Estrellas avança la main. Germaine la chassa d'une tape.

— Tu n'en mérites pas !

Mme Sterb et Mlle Ponchard ressentirent quelque chose comme de l'admiration pour la patronne.

— Je prends la plus grosse, dit Mlle Ponchard, celle qui change de couleur quand on la suce.

— La dragée militaire, dit Germaine, la tricolore de Verdun. C'est un cousin de ma tante Stern qui l'inventa. Pourtant il aimait à dire qu'il n'était pas patriote pour un sou. Il a fait fortune.

— Cette lettre, reprit Mme Desainte, relève le pan nationaliste de notre poète, justement.

— Quand quelque chose est en l'air ! dit Estrellas de sa voix la plus basse.

— Elle est émouvante et aurait touché M. Charmin. Il n'est plus là, mais j'espère qu'il nous écoute.

— Ne le faites pas languir, dit la patronne.

— « Pour la gouverne du Comité Jules Bouc. C'est un vieux soldat qui vous parle. Inutile d'énumérer mes campagnes : j'étais là. Une guerre finie, j'ai suivi l'autre. Quand je rendrai les armes épinglez mes cinquante médailles au linceul. Je rends hommage ici au moral de l'arrière. Honneur à ceux qui m'ont soutenu en temps de paix. J'ai reconnu d'après le dessin paru dans les journaux l'homme de Nocquoÿ. Cloué sur mon lit d'invalide je ne pourrai pas être de la célébration, mais mon cœur quitte cette carcasse et vole vers vous. Gloire à Jules Bouc ! Il n'est pas un défilé où je ne l'aie vu au premier rang de la foule, le chapeau à la main, haut comme l'honneur. Nous marchions serrés, le regard en baïonnette, mais toujours, à Lille, à Marseille, à Strasbourg, aux Champs-Elysées, à un moment donné, une force invincible me faisait tourner la tête, un quart de seconde, et j'apercevais votre concitoyen, debout derrière les barrières, la moustache victorieuse et l'œil ombré. Il nous aimait. Je pense à la fortune qu'ont dû lui coûter ces déplacements ! Permettez-moi de me lever en pensée et de le saluer à l'égal de mes supérieurs. Jean-Marie Trinité, adjudant-chef. »

— Jules Bouc fut un témoin capital, conclut Mme Estrellas. Notez bien cela, madame Desainte.

— J'ai accepté de reprendre la plume du pauvre M. Charmin, mais je ne me rendais pas compte de la tâche.

— Sterb vous aidera pour la partie militaire, dit Germaine. C'est un spécialiste. Il m'a promis de me montrer la bataille d'Eylau et je ne vois rien venir.

— Je ne peux pas mettre Jules Bouc à Eylau ! dit Mme Desainte.

— Qui vous en empêche ?

— La vérité.

— La vérité ! Elle n'est vraie que sous le soleil du mythe ! Et, permettez-moi de vous le dire, une boucherie est une boucherie et chaque homme en a une dans son cœur. Montrez-nous Jules en sang, l'œil égaré, errant au milieu des morts et s'apprêtant à les chanter.

— L'homme le plus doux ! s'écria Mme Desainte, le plus paisible !

— Si vous ne le montrez pas guerrier l'on dira que c'était un lâche ! s'écria Germaine. Qu'en pensez-vous, Ponchard ? Et vous, Sterb ? Alors une fois de plus, je suis seule ?

Frémissante elle remit le couvercle de verre sur le bocal de dragées. Sa voix roula en tonnerre qui s'éloigne.

— N'ôtons pas à Jules ces heures formidables ! Ne le laissons pas regarder passer le train des équipages ! J'ai fini par croire moi aussi que c'était le plus calme des hommes, mais je l'aime...

— Nous l'aimons tous !

— ... et je ne voudrais pas que l'on puisse un jour se demander s'il n'a pas eu peur au milieu des bombes et des corps à corps, s'il n'a pas été à deux doigts de fuir, s'il n'a pas désiré d'être fauché là, tout de suite, et que ce soit fini ! Et il a fermé les yeux pour avoir la paix définitive.

— Je suis au bord des larmes, dit Mlle Ponchard, je ne vois plus rien !

— Mais il n'a jamais tué, jamais ! Je m'y refuse, dit Mme Sterb.

— Qui vous dit le contraire ? — La patronne se dressa : — Dans l'immensité formidable, boueux, blessé, hagard, il ne survivait que pour la paix, cette blancheur dans le ciel gâché. Il était là, tenant avant de le lancer son dernier pigeon voyageur auquel il avait attaché un suprême message d'espoir, car il était colombophile.

Jules Bouc pouvait entrer ainsi dans la légende. Chacune en convint.

— Le plus délicat est la rédaction du message, dit Mme Estrellas, qui doit être lapidaire et d'un coup dans l'immortalité. Je crains que nous n'ayons plus assez de temps pour trouver ce raccourci.

— Pauvre pigeon, dit Mlle Ponchard, dans les shrapnells, au milieu des neutrons !

Mme Desainte fouilla de nouveau dans son sac et l'on attendait qu'elle en sortît un nouveau témoignage, mais ce fut son nécessaire à ravalement.

— Vos lèvres, vous préférez le pinceau au bâton ? demanda Germaine. Vos ongles, vous ne craignez pas de laisser tomber une goutte de laque sur cette robe primesautière ? Ces roses avec leurs longues queues ! Où l'avez-vous eue ? Je voulais le savoir dès le début, mais on se laisse entraîner par le tout-venant, elle est extraordinaire !

— La vôtre aussi, Germaine, dit Mme Sterb. Ces dragons ajourés...

— Vos architectures ne sont pas mal non plus.

— Ce sont des affiches de théâtre sur cotonnade.

— Imprimées à l'envers ? demanda Mlle Ponchard.

— Pour être lues dans l'intimité, dit Mme Sterb, en les retournant. C'est un cadeau de mon mari.

— Voyez-vous ces Sterb ! s'écria Germaine. Cette petite religieuse derrière les grilles de sa guitare ! Et que joue-t-on ce soir ? Nous allons la dépouiller comme un lapin !

La bonne humeur était revenue. On ne s'occupait plus de l'Histoire, mais de soi. Mlle Ponchard avait de nouvelles larmes dans les yeux, toutes pareilles pourtant à celles du malheur, mais c'était de plaisir. Elle regarda les amies ôter leurs robes, les échanger et défiler en mannequins dans le salon. Elle avait rouvert le bocal de dragées et tout en croquant applaudissait, puis on lut les dessous de Mme Sterb, les affiches où s'évanouissaient les titres de pièces inconnues : *Le Beau Voyage, La Toison d'or, Le Paradis, Coup de Lune.*

— Toute l'aventure que nous pouvons offrir ! dit la patronne en réenfilant ses dragons.

— J'espère qu'il fera encore beau, dit soudain Mlle Ponchard. Je n'ai pas un malade aujourd'hui. Je suis inquiète.

Elle regardait la place du Sablier que Valentin, Cassius et Céline traversaient à cloche-pied, et bien qu'elle s'en défendît son cœur se serra.

Sur le seuil du *Jardin du Cœur*, la chevelure en rouleau sous un filet, son chat entre les jambes, Mme Desportes regardait la rue d'un air impérial dans le petit matin et serrait son peignoir. Quelques gouttes d'eau tombèrent. Elle allongea le bras et craignit la pluie pour les Fêtes. Ce n'était heureusement que le concierge qui arrosait les géraniums du balcon. L'hôtelière posa la main sur son cœur sensible et, rassurée, vint jeter un œil sur le registre d'Edouard. L'hôtel était plein. Le chat sauta sur le comptoir.

— Vous êtes descendue ? dit Edouard vêtu d'un dolman pourpre à boutons d'or. J'allais vous appeler. Avez-vous vu cette dame dans le jardin ? Je lui ai dit que nous étions complets. Elle veut vous parler. C'est, paraît-il, important. Elle attend près du jet d'eau. J'ai sorti les chaises et les coussins.

— A cette heure-ci ? Qui est-ce ? Elle a garé sa voiture ? Vous avez ses bagages ?

— Quand j'ai ouvert elle était sur le trottoir, un sac en tapisserie à ses pieds. Une personne d'un assez grand âge, petite mais solide. Elle est arrivée par le train de nuit. Je lui ai servi un café.

— Dehors ?

— Elle voulait respirer.

— Ce n'est pas une quêteuse, au moins ?

— Qui n'a rien à demander, je vous le demande ?!

— Edouard, dit Mme Desportes, surveillez-la, le temps que je réveille M. Desportes.

— Madame, ajouta-t-il comme elle se sauvait claquant des mules et commençant à dérouler ses bigoudis, on a parlé de nous au premier bulletin d'information, en estropiant notre nom : Nocquoÿ, Nocquoÿ !

Elle se retourna, outrée.

— Ce n'est pas vrai, Nocquoÿ ? quand on doit prononcer Nocquouille !

— Pensez, dit Edouard. Ça donne à réfléchir sur le reste !

Le frère d'Ahmed qui tenait les cuisines du *Jardin du Cœur* arriva comme descendaient des combles Porfirio le garçon d'étage, et Manuela la Portugaise de la lingerie. Edouard donna un dernier coup de chiffon aux trois étoiles du panneau extérieur où l'on pouvait lire le menu du jour qu'écrivait chaque mois de sa belle écriture ronde M. Desportes.

— L'hôtellerie française, dit le patron, reste la plus accueillante, mais à l'impossible nul n'est tenu. Nous sommes pleins depuis des semaines. Vous auriez dû nous faire signe.

— Je croyais que l'on recevrait à bras ouverts la veuve de Jules Bouc.

Mme Desportes posa une nouvelle fois la main sur son cœur. Desportes restait interdit.

D'autant plus que je suis du bâtiment. J'ai tenu du temps de Jules un établissement où il fut heureux, près de la Bourse : *Chez Léonie*. J'y suis passée dernièrement et je n'ai pas osé rentrer, c'est devenu un sex-shop, tout comme ! La parole du Christ m'a frappée, que j'avais oubliée depuis mon enfance chez les Sœurs de la Compassion : « Quand je reviendrai, y aura-t-il encore la foi sur terre ? »

— Certainement, dit M. Desportes saisi à son tour par son éducation religieuse, mais il a douté de tout, même de son père. C'était son rôle. Vous vous appelez Léonie ?

— Bichoux.

— Je vais prévenir le maire, dit Mme Desportes. Il vous mettra dans la loge des officiels. Je suis enchantée d'accueillir la dernière compagne de notre gloire.

— Il m'a beaucoup aimée. Je ne désemplissais pas. Un jour, au coup de feu de midi, j'étais en train de servir mes habitués, la plupart garçons de banque, changeurs et numismates, je vis arriver un inconnu qui ne parlait pas et semblait égaré. Il me commanda un diabolo. Je ne me serais jamais rappelé cet homme s'il ne m'avait offert deux heures plus tard, son verre intact et la salle vide, de me payer ou non en jouant à pile ou face. Ça ne m'était encore jamais arrivé. Il me laissa lancer la pièce et je perdis. Merci, dit-il, et il s'en alla.

— Sans boire ? demanda Desportes.

— Je mis un glaçon dans le verre et le vidai. J'aurais oublié l'étrange client si la semaine suivante la scène ne s'était pas renouvelée. Je ne vous apprends rien. On voit de tout dans nos métiers. Et comme il revenait une nouvelle fois je lui demandai la raison d'entrer *Chez Léonie* pour ne pas boire. Parce que j'y suis bien, me dit-il. Et de fil en aiguille il est resté. Je me suis demandé s'il n'avait pas glissé un philtre dans les verres que j'avais pris l'habitude de boire. Je n'aime pas le diabolo. Comment avait-il deviné ? Il devinait tout. Il avait pris l'habitude d'arriver vers le soir. Il sentait la lavande. Un homme d'une propreté ! Et puis un matin je le trouvai à côté de moi dans mon lit. Il était le plus étonné des deux, mais nous ne rêvions pas. C'était après les rêves.

— Nous pourrions peut-être offrir à Mme Bichoux la chambre de Manuela, puisqu'elle couche chez Porfirio ?

— N'en faites rien ! Je reprendrai le train dès la fin de la cérémonie. Je suis entrée ici parce que les cafés sont encore fermés. Moi, je me levais à la première heure, pour les coursiers des messageries. Jules était déjà debout à écrire.

— Des poèmes ? demanda Mme Desportes. C'est une chose qui m'a toujours étonnée qu'on puisse écrire des choses qui ne veulent rien dire.

— Oh ! je me doutais que Jules en écrivait, mais je l'ai appris vraiment dans les toilettes, récemment, par un journal oublié. Il recopiait surtout des contrats, des actes de toutes sortes. Il arrivait le soir avec ses dossiers. Je lui avais prêté un sac comme celui-ci pour ses allées et venues. Il travaillait à deux pas, chez Me Silentaire. Dès qu'il fut *Chez Léonie* je vécus sans peur. Je ne savais pas qu'il me manquait un homme. Je ne savais pas non plus que Jules était autre chose qu'un homme.

— Comment ça ? dit M. Desportes avec une certaine inquiétude. Il vous brutalisait ?

— Il ne vous faisait rien ? demanda Mme Desportes d'une voix douce.

— Ni l'un ni l'autre, dit la vieille dame, sans quoi je ne serais pas juste et je salirais sa mémoire. C'était un ange. Je l'ai su plus tard. Un bon ange. En en connaissant d'autres. C'est difficile à expliquer : il était présent et absent à la fois. J'avais l'impression de le traverser comme un nuage. Un matin qu'il était parti à son étude, dans la salle j'avais juste un pompiste de la station voisine, un jeune homme, un habitué, qui voulait faire le taxi, il m'en parlait toujours, je lève la trappe de la cave derrière le comptoir et...

— ... vous êtes tombée ?

— ... pas tout de suite, mon pompiste me retenait. Et je me suis rendu compte que Jules ne tenait qu'à un fil, qu'il y avait eu je ne sais quel philtre rétrécissant dans ses diabolos. J'ai offert une voiture à ce garçon. J'ai vendu le fonds et nous sommes partis. J'ai connu la Belgique, la grande vie, puis, de nouveau seule, de plus petites. La vie n'est qu'une longue balance ! Et j'ai fini par tenir les commodités de la *Brasserie des ducs d'Albe* où je gagne largement. J'ai pu m'offrir un parc à huîtres, en Zélande. Je ne suis pas à plaindre.

Edouard arrivait avec un plateau et *Le Réveil de Nocquoÿ*. Léonie paraissait heureuse et tendait une main vers le chat qui regardait les colombes posées sur le bord de la vasque.

— Minou ?

— Il s'appelle Minet, dit Mme Desportes.

— Je ne t'intéresse pas ? reprit la vieille dame. Je ne suis pas un oiseau !

— Mais il n'en attrape jamais, dit Edouard, rassurez-vous !

— Ça ne me rassure pas. C'est comme nous. On passe sa vie à les guetter et l'on ne met jamais la main dessus !

— Ah ! dit l'hôtelier, on rentre dans nos frais et même on fait du bénéfice. La télévision a mis le paquet pour retransmettre les cérémonies. Pas besoin d'aller se faire écraser par la foule. On va regarder ça tranquillement.

— Si Jules pouvait voir ça !

— Vous l'aimez toujours ? demande Mme Desportes admirative.

— Il avait des attentions. Il était honnête. Il arrivait toujours avec une fleur qu'il avait prise dans le bouquet de l'étude. Il la mettait à la tête de notre lit. Quand elle était fanée il la reportait et revenait le soir avec une autre, toujours différente. Il m'en disait les noms scientifiques. J'ai beaucoup appris avec lui et j'étonne parfois mes clients à qui je donne un coup de brosse et redresse la boutonnière. Je ne vois que du beau monde. Ils ont tous un air de Jules.

— Attention ! dit M. Desportes.

— A mon âge ! Je ne donne plus que des conseils à ces messieurs et ils me disent toujours qu'ils ont été bons. Je sais tout de leur vie.

— Excusez-moi, dit le concierge.

Une voix résonnait en effet dans le vestibule, demandant quelqu'un sur tous les tons. C'était Sugères qui apportait le morceau qui manquait au vitrail de l'escalier. Aurélien, Céline et Cassius l'accompagnaient en habits du dimanche, les cheveux encore mouillés.

— J'avais promis que vous l'auriez pour les fêtes. Je viens le poser.

— Il ne manque plus rien à la ville, dit Edouard. Elle est comme neuve.

— Allez jouer, les enfants, dit le verrier.

— Que puis-je leur servir ?

— Un diabolo, dit Aurélien.

— Tu as quatorze boutons sur ta veste, remarqua Céline.

Edouard étonné les compta.

— Huit !

— Et trois sur chaque manche !

— Elle voit tout, dit Cassius. Yasmina aussi voit tout. Elle est revenue à la maison. Elle nous raconte ses voyages. Elle dit qu'elle a tout vu.

— Ahmed dit que c'est mieux que les Mille et Une Nuits, mais il l'arrête. Il dit : un peu chaque soir, seulement. Et il nous envoie promener

— Une fois, dit Céline, on a fait comme si on partait et on est restés derrière le rideau de merguez. Il l'a battue.

— Pour quelle raison ? demanda Edouard.

— Il paraît qu'elle en faisait trop, dit Céline. Des voyages qu'on ne lui demandait pas.

Edouard branla la tête et les expédia au jardin. Ils firent trois pas, puis demi-tour. La rue est beaucoup plus belle. On entendait au loin une fanfare rythmer une marche, s'arrêter, laisser seule une trompette se détendre, et l'air reprenait, soutenu par les tambours. Plus loin encore passaient des trompes de chasse.

— J'ai traversé la ville, dit Léonie Bichoux et je n'ai pas trouvé le monument.

— Sur les remparts. Le conseil a discuté pendant des mois. Finalement, ils ont choisi le point le plus haut, dit Desportes.

— Vous ne pouvez pas le voir, dit Mme Desportes. On a interdit la promenade pendant les travaux, on voit juste un grand cube de bâches. Il y a des panneaux rouges : Entreprise Hérissart, et des barrières.

— Que l'on ôtera cet après-midi. Voilà plusieurs jours que Dièze travaille à l'abri.

— Même la nuit, dit Edouard, c'est éclairé à l'intérieur et l'on voit son ombre sur la toile, immense. A mon avis, c'est une ombre comme celle-là qu'il aurait dû sculpter. M. Thouin arrive, monsieur. Il ne répondait plus au bout du fil, j'ai cru qu'il se trouvait mal. Il répétait : mon discours, mon discours ! où mettre la veuve dans mon discours ? Vous, madame.

— Qu'est-ce qu'on entend ? demanda l'hôtelière.

— Le vitrail, dit Edouard. Nous n'aurons plus ce trou si mal placé dans notre cueilleuse de pommes.

— La gloire de notre escalier, explique Desportes.

— Je l'ai vue en entrant, dit Léonie. La femme sur son échelle, perchée, un pied dans le vide ? Nous en avons une à la *Brasserie des ducs d'Albe*, mais c'est une vierge au milieu des cierges, en haut des marches où j'exerce. Elle m'est d'une grande consolation. Jules m'a appris à aimer les belles choses. Je ne l'ai compris qu'après l'avoir quitté. *Chez Léonie* fermait le dimanche et nous allions visiter les églises entre les offices.

— Bouc était pieux ?

— Il l'était naturellement.

— Il y a des hommes que les églises mettent à genoux, dit Edouard en tendant le sucrier.

— Jules restait droit sous les voûtes, dit la veuve. Son silence naturel s'aggravait, simplement. Seuls les vitraux le captivaient. Ils lui donnaient enfin des couleurs, car malgré ma cuisine épicée il gardait sa mine de papier mâché. C'est dans une église dont j'ai oublié le nom, au fond d'un quartier de filles, que j'ai soupçonné sa poésie. J'avais beau lui demander de me lire des morceaux choisis de son œuvre, jamais ! rien ! Mais devant le vitrail de Suzanne et les vieillards, une féerie d'eau sous les arbres ! Jules, comme un poisson hors de l'eau, fit des bulles, je les entends toujours : rose... bleu... vert... soufre... Suzanne ne regardait plus les vieillards, mais mon Jules. Je dus l'entraîner. J'étais jalouse.

— C'est à n'y rien comprendre ! dit Mme Desportes.

— Il avait son secret, dit Edouard. Je connais le phénomène. Au comptoir, chacun voit le casier des clés, vide comme aujourd'hui où nous sommes complets et que tous dorment encore, nous pourrions nous demander comment ouvrir les chambres ? Vous oubliez que j'ai dans mon gilet un passe-partout.

— Vous n'allez pas dire que vous êtes poète, Edouard ! dit Mme Desportes, moi qui vous vois tous les jours.

— Je ne prétends pas, mais rose... gris... jaune... Jules Bouc avait sa litanie. J'ai la mienne : le vingt-deux, le quinze, trente-trois... six... neuf... le neuf est libre, avec tout le confort, vue imprenable.

— Edouard était déjà dans la maison quand nous y sommes entrés, dit Mme Desportes. Ah, Sugères ! Notre vitrier d'art, madame Bichoux.

— C'est terminé, dit Sugères. La cueilleuse de pommes a retrouvé sa candeur. Les araïgnées ne tisseront plus leur toile dans le trou de sa robe. Il fallait vraiment lui en vouloir pour la frapper à cet endroit.

— La clientèle ! s'écria M. Desportes. Vous ne pouvez pas savoir. Des fanatiques qui n'ont l'air de rien.

— Où sont les enfants ? demanda Sugères.

— Où voulez-vous qu'ils soient ? dit le concierge. Je vais leur donner un coup de sifflet.

Il sortit son petit instrument, se le mit dans la bouche et arriva sur le trottoir comme Valentin Thouin débarquait de la voiture des Haras en compagnie d'Omer Desainte et de sa femme. Omer demanda au concierge d'enlever les insectes du pare-brise.

— Leur écrasement matinal laisse prévoir la très grande chaleur, la chaleur humaine, dit Edouard. Nous avions trente-sept à l'ombre, hier.

— Où est la veuve ? demanda Valentin Thouin. Elle parle ?

— On l'écouterait pendant des heures.

— Nous pourrions peut-être lui laisser le discours ?

— Vous n'aimez plus ce que j'ai écrit ? demanda Mme Desainte.

— Voyons, Yolande !

— Vous avez le trac ?

— Omer Desainte !

— Evidemment, dit Edouard. Mme Léonie introduirait un certain impromptu. Jules Bouc l'habite encore.

— Comment est-elle ?

— Bien, bien dans sa peau. J'ai remarqué qu'il en était souvent ainsi chez les veuves. C'est le meilleur de ma clientèle, le plus attachant. Je suis vraiment pour elles le porteur de toutes les clés. Elles voient au-delà de l'uniforme. L'une d'elles m'a même recousu l'un de ces boutons d'or. J'en étais gêné. C'était une femme encore ondulante, l'œil de côté. Nous venions de quitter l'arrière-saison, un matin où la neige mettait tout de guingois...

Edouard releva la tête et s'aperçut qu'il parlait dans le vide. C'est souvent comme ça avec les notables. Nous sommes là, nous autres, pour gratter les moustiques. Ah, vous revoilà ! Où étiez-vous passés ?

— On traînait, dit Aurélien.

— Cassius a trouvé des médailles, dit Céline, comme celle de Yasmina, mais il n'y a pas la Vierge de Lourdes dessus, il y a un bonhomme.

Edouard examina le petit ovale de laiton. Un grand nez sur une moustache en croc surplombait le nom de Dièze aussi gros que celui de Bouc.

— Moussu en roulait une pleine poussette vers les remparts. J'ai ramassé celles qui tombaient.

— Moussu a quitté son cimetière ?

— Il est beau comme toi, dit Cassius, toi en rouge et en or, lui en noir et en argent.

Ils rentrèrent au *Jardin du Cœur.* Sugères au milieu du vestibule jetait encore un œil sur le vitrail. Les enfants le prirent par la main.

— Qu'est-ce qu'elle fait ?

— Elle cueille des pommes, Céline.

— Pourquoi elle lève la jambe ?

— Elle cherche l'équilibre, Cassius.
— C'est quoi l'équilibre ?
— Pour tomber quand on veut.
Les Desportes avaient fait rentrer leur monde au salon où le poste de télévision fermait le cercle des fauteuils. L'hôtelière alluma machinalement et l'on vit se succéder aux quatre coins du monde une centaine de carnages par les obus, les bombes, les torpilles, le lynchage, les noyades, les fusées, les mines, les poings, les mitraillettes, la famine, les gaz, les volts, les pièges, la drogue, la corde et l'arme blanche.
— Ils oublient l'odeur, dit le directeur des Haras, la plupart ne peuvent pas se sentir.
— Heureusement, dit Léonie, Jules est au Paradis. Je crois d'ailleurs qu'il l'a toujours été, puisqu'il ne se plaignait jamais. Toujours d'une humeur égale, je finissais par me demander s'il n'était pas insensible. Je parle du corps, évidemment. Pour le reste, il planait.
— Prenez note, madame Desainte, murmura Valentin Thouin, il n'est jamais trop tard ! — et Léonie demanda un sucre et un pousse-café.
— Un samedi soir, *Chez Léonie*, je vois arriver deux racistes.
— Vous les repériez au premier coup d'œil ?
— C'étaient des Noirs, je n'avais pas grand mal ! Un colosse et un fil. D'abord, je les vois rire puis élever la voix et forcément lever la main. Ils s'empoignent. Ils glissent. Ils se relèvent, saisissent leurs verres, les brisent, n'en gardent que le pied et se guettent face à face. Des fauves. Je m'étais reculée jusqu'à la porte de la rue et je regardais Jules assis à la table du fond qui fumait son crayon, le tabac qu'il préférait à mes cigares. Je m'attendais au pire et soudain mes lutteurs tombent dans les bras l'un de l'autre et jettent

leurs armes par-dessus l'épaule. L'un des poignards de verre frappe mon pied, l'autre se plante dans la joue de Jules. Il le retire et me demande si je ne suis pas blessée. Je n'ai jamais vu qu'il ait eu un sourire plus doux. Alors je m'écriai : « Tu m'as fait peur, Jules ! » et il répondit : « C'est ma seule douleur. » Je voudrais pleurer à ce souvenir, mais je suis ainsi faite que je n'ai jamais pu me tirer une larme, pas même au départ de Bob.

— Quel Bob ? demanda Valentin Thouin.

— Son pompiste, dit Desportes.

Les touristes cependant descendaient pour le petit déjeuner à la table d'hôte et la conversation devint générale. Chacun déclarait qu'il était fier, déjà, de savoir qu'il pourrait dire dès demain qu'il avait été là. Edouard venait par à-coups se mêler à l'allégresse. Les yeux se tournaient vers Léonie dont l'émotion restait impénétrable. Des vagues de fanfare faisaient s'envoler les pigeons.

— Ce n'est pas le moindre bienfait de la musique, dit Edouard. Y a-t-il plus bête que ces sales bêtes ?

— Alors, monsieur le maire, dit la veuve de Jules, j'ai lu que vous l'avez mis sur un cheval.

— Le grand Dièze l'a vu d'abord ainsi.

Valentin Thouin paraissait gêné.

— Comme l'Empereur, derrière les ducs d'Albe ? reprit-elle. Quand je monte prendre un peu d'air, je sors par le service et je tombe sur lui, cabré sur l'arrière et la queue. L'Empereur sur qui le soleil ne se couchait jamais.

— C'est-à-dire qu'au dernier moment...

Valentin Thouin hésitait. Mme Desainte vint à son secours.

— Dièze a changé ses plans. Il voulait mettre Jules Bouc à cheval puis une femme, un modèle qu'il aimait et qui était pour lui la poésie.

— Une certaine Jeanne Luge, dit Omer Desainte. Une créature de toute beauté.

— Elle s'est enfuie, la semaine dernière, lâcha Valentin Thouin qui retrouva son sourire. Dièze en a fait une maladie dont je pense qu'il ne se relèvera pas.

— Vous êtes dur, dit Mme Desainte.

— Est-ce ma faute si elle s'est fait enlever par Estrellas ? Germaine non plus ne le prend pas au tragique !

— Le bruit court, dit Edouard, qu'il est allé lui offrir un laboratoire en Argentine.

— En tout cas, reprit Omer, le grand Dièze s'est acharné sur sa Jeanne en marbre et l'a mise en miettes. Le cheval restait seul. Il s'est rué dessus. Quand nous sommes allés avec Hérissart, les palans et les camions pour le transport du chef-d'œuvre, Dièze était encore couvert de plâtre et commençait à reprendre ses esprits. Les grands artistes ont de la ressource. Il nous rassura : « Il me reste une obsession, nous dit-il. Comptez sur elle. Je serai prêt. » Il l'a sortie du plus profond de lui-même, jour et nuit. Je pense que Jules Bouc sera satisfait. C'est grandiose et simple, comme l'essentiel.

L'assistance aurait voulu que l'après-midi fût là. Se retenant mal et par bonds, les trompes de chasse traversaient la chaleur.

— Vous n'avez jamais eu d'enfants ? demanda Mme Desainte. Jules n'en voulait pas ?

— Figurez-vous, un soir, quand nous n'avions encore échangé que de grandes idées, quand nous n'en étions pas aux banalités, en venant de chez Me Silentaire pour prendre *Chez Léonie* son pâté-laitue, le cidre et le sablé, il était réglé comme la Petite Ourse...

— Pourquoi pas la Grande ? dit emphatiquement Valentin Thouin.

— ... à cause de l'étoile Polaire ! je vais la saluer quand j'ai fini de laver mes céramiques, aux *Ducs d'Albe.* Elle est là, au bout du doigt de l'Empereur, sur la petite place... figurez-vous : à peine M. Bouc avait-il ôté son feutre à larges bords, son écharpe blanche, son pardessus cintré, qu'une jeune fille entra, dans les dix-sept ans, pâle aux yeux de mer, dans une pèlerine à brandebourgs. Elle alla vers lui et dit « Bonsoir, papa ». J'eus un choc, mais il se contenta de la regarder avec étonnement. Elle dit : « Vous ne me reconnaissez pas ? » et se tournant vers moi : « Je n'ai pas de chance, madame. J'ai bien cru cette fois-ci que l'on allait me dire oui. — Mais, lui demandai-je, vous avez faim ? Vous avez soif ? — D'un père, dit-elle. Je finirai par en trouver un. » Et elle sortit. M. Bouc, ce n'était pas encore Jules pour moi, resta dans une tristesse sans pareille. Je lui proposai de rester.

— Voulez-vous me faire l'honneur et le plaisir d'être à ma droite dans la tribune officielle ? demanda Valentin Thouin. Après les hymnes et le défilé des majorettes, des équipages, des syndicats et des pompiers nous laisserons parler le ministre qui ne dira que des banalités, le préfet qui les répétera sous une autre forme. J'en ferai un rapide écho à mon tour, avant de vous présenter à la foule et de vous demander un souvenir, celui qui vous viendra à l'esprit. Ensuite, le grand Dièze fera tomber le voile et peut-être pour la première fois pleurerez-vous, mais de joie.

— Si je ne rate pas mon train, dit la veuve. Je reprends mes *Ducs* à minuit. Je ne leur ai jamais demandé un congé. Jamais. Sans quoi je ne posséderais pas de parc à huîtres.

Ebloui par la lumière de la porte, le concierge cependant songeait, son passe-partout horizontal entre ses index au-dessus du registre de l'hôtel. Ne me parlez plus des fêtes ! Ces montagnes de souris ! Par bonheur le lendemain, c'est plat comme la main, on retrouve ses lignes. On peut se remettre à les lire tranquillement. Goûtez-moi cette tambouille !

Des cuivres martelaient le fond de la rue où geignait un limonaire. On entendait une friture de rires, le débordement des cloches et de nouveau les tenaces tambours.

— Oh, madame Sterb ! dit Edouard, vous nous arrivez dans une robe musicale avec toutes ces croches imprimées ! Vous ne m'en voulez pas pour hier ! J'étais en plein coup de feu. Je ne pouvais pas vous recevoir pour ma leçon. Où est votre guitare ? M. Sterb vous a-t-il transmis mes excuses ? Je l'ai impatienté, cela se comprend, en pleine consultation !

— Il n'est pas à tenir avec des pincettes depuis qu'il a écrasé une poignée de soldats en rangeant la bataille d'Eylau. Il songe maintenant à Austerlitz. Non, je viens vous dire, Edouard, et je profite de cette journée fériée pour rencontrer tous mes élèves, ce sont des choses qui ne se peuvent annoncer que de vive voix : j'abandonne les leçons, je rentre sous ma tente. La mort de M. Charmin, la fuite de Madame Luge, ma cousine Thérèse que nous sortons de l'asile pour la garder à la maison — elle est très douce vous savez. C'est une artiste, elle aussi. Elle revit quand je vais lui jouer un petit air, et mon mari a pensé qu'elle pouvait colorier ses armées, elle ne fera que cela, il lui faut une idée fixe —, tout cela m'a décidée.

— Comment peut-on abandonner la guitare ?

— Celle des autres. Je ne veux plus être grattée toute la journée !

— Moi qui commençais à me sentir bien en doigts, Mme Desportes me trouve en progrès. Je lui suis devenu indispensable, le soir, quand M. Desportes monte se coucher. Vous me laissez sans voix.

— Ce n'est pas celle de M. Thouin que j'entends ?

— Il est au salon, dans tous ses états, nous avons une visite inattendue.

La veuve proposait au maire plusieurs histoires de Jules Bouc et le laissait choisir celle qu'elle dirait au ministre et à la foule. Des clients s'étaient groupés. Manuela, un gros nœud sur les reins, servait des alcools. Mme Sterb, que la tristesse envahissait, demanda un cognac. Mme Desportes, émue, avait son chat sur l'épaule, une main sur la télé qui gesticulait en silence et devenait un aquarium de monstres. Des voitures à haut-parleurs hurlaient au ralenti l'agrandissement de la Poissonnerie Humain, un bonus exceptionnel au Cabinet Plafond, des coffres à la Banque tricentenaire des Benoît-Pot, confiance et sûreté.

— Je pousse la fenêtre, dit Edouard, on ne s'entend plus.

— Attendez ! s'écria Mme Desportes, le doigt levé.

L'assistance étonnée dressa l'oreille. L'annonceur poursuivait à tue-tête sa litanie :

— « Un seul relais. Une seule cave. Ambiance, cuisine et confort. Séjour de rêve trois étoiles. Au *Jardin du Cœur.* M. et Mme Desportes, propriétaires. »

— Vous pouvez fermer, Edouard, dit l'hôtelière.

— Où avez-vous déniché ce bel air ? demanda Mme Desainte en pinçant une croche sur le sein de Mme Sterb.

Valentin Thouin, passionnément attentif au récit de la veuve, pressait le genou de Mme Desainte. Omer à côté d'eux, penché sur les algues éteintes du tapis, semblait pêcher avec sa cravache.

— Jules, poursuivait Léonie, n'était que raffinement, mais vous me faites boire et je dévoile son intimité !

— On sait ce que c'est, dit glorieusement Mme Desportes. Que peut-on apprendre ? L'amour, on en a vite fait le tour !

— Jules m'assurait du contraire. Il était lent, long, très regardant, comme on dit dans le commerce. Je lui disais :

« A quoi penses-tu ? Où es-tu ? » Parfois je m'endormais, je me réveillais, il était toujours là, au-dessus de moi, comme la Voie lactée.

Le calme était revenu dans la salle où des feuilles de soleil balayaient la pénombre. Un corps de ballet tournoyait sur le petit écran, libérant sa danseuse étoile un instant égarée. L'odeur amère qui monte des plantes en pot était celle de l'ange qui venait de passer et qui donnait la main à Jules. La voix d'Edouard parut sortir d'un songe et ne laissa s'épanouir qu'un mot dans le silence :

— Musique !

Des pétards démolissaient une partie du ciel du côté des remparts où se dressait la haute Ka'ba d'émeraude pâle à l'intérieur de laquelle Dièze pour la dernière fois seul à seule avec elle jetait un œil sur son œuvre. Elle était le fruit de tant de saisons difficiles, l'aboutissement de si longs combats avec le doute, le trésor que l'orgueil volait à son plaisir personnel pour l'offrir au monde, l'image enfin de ce qu'il avait de plus secret. Dièze enfermé dans le cube de toile levait un œil sur le monument magnifique. La fanfare arrivait sur les remparts, raide et rejetant à pleins tuyaux l'air qui brûlait au ras du sol, se scindait pour se faufiler entre les camions et antennes. Me Silentaire restait gravement incliné devant la veuve Léonie Bichoux et semblait ne plus pouvoir se relever, mais Cassius par en dessous le voyait rire et replacer ses dents. Aurélien dans sa poche gardait la main de Céline. Yasmina, un croissant de lune à l'oreille, portait une gerbe d'iris et suivait Valentin Thouin de nouveau sourcilleux. Les officiels se serraient la main dans la tribune en attendant le ministre arrivé en avance qui, sur le siège arrière de sa voiture blindée, faisait une réussite, manches de chemise retroussées, et demandait à son chauffeur s'il était enfin l'heure de mettre son veston et de se présenter.

— Pas encore, monsieur.

Garé sous les marronniers du jeu d'arc dont l'enceinte grillagée avait servi de dépôt à Hérissart le temps de l'installation du chef-d'œuvre de Dièze, il observait à la jumelle la progression des curieux sur l'étroit chemin de la ceinture de ville. De toute sa hauteur le soleil se redressait encore, s'étirait jusqu'à l'os.

— Il n'y aura pas foule, monsieur. A mon avis, le peuple va rester devant sa télévision. Il a pris de mauvaises habitudes.

— Il n'a pas tort, dit le ministre. Je me mets à sa place. Il nous verra en gros plan.

— Les majorettes sont en cercle autour des bâches que vous allez faire tomber. Des filles superbes, voulez-vous jeter un œil ? Quels moulinets, les diablesses ! Ça joue de la baguette comme père et mère ! Ça va ça vient, ça s'envoie en l'air !

Le ministre retourna le valet de cœur, enfin ! et poussa un soupir. Il porta à ses lèvres le tatouage de son avant-bras, une rose où s'enfouissait le prénom du bien-aimé : Lahire. Habits rouges en tape-cul, les chevaux de l'équipage de Benoît-Pot, impatientés par les mouches, vinrent un à un se placer entre les majorettes. Les trompes de chasse dans un suprême effort vers l'hallali firent trembler la Ka'ba où Dièze dans l'ombre brûlante repensant à tout ce qu'il avait détruit caressait le socle qu'il avait voulu non point pour Jules Bouc mais pour Jeanne. Où était-elle ? Où es-tu ? Je t'aime, volage ! Mais la terre est ronde et je t'attends ici, j'aurai la patience des matous. Avant de sortir il relut dans la pierre les lettres creuses et dorées : « A Jules Bouc, auteur de La Chatte et l'Oiseau. »

Alors sur tous les écrans de la terre comme au salon du *Jardin du Cœur* où Mme Desportes, entre le concierge et son mari, écrasait une larme en attendant l'apparition du poème, le voile tomba et face au ciel se dressa plus haut que tout rempart, immédiat et éternel, avec ce je ne sais quoi d'inconsolable, un obélisque.

Le jour de l'Ascension 1987

DU MÊME AUTEUR

Aux Éditions Gallimard

Romans

L'AUTRE RIVE.

MIROIR D'ICI (L'Ombre).

LE GOUVERNEUR POLYGAME.

LA PORTE NOIRE (Collection Folio).

LE TÉMÉRAIRE (Collection Folio).

LA ROSE ET LE REFLET (L'Imaginaire).

Récits

LA DAME DE CŒUR.

CONNAISSEZ-VOUS MARONNE ?

Nouvelles

MÉMOIRES DE LA VILLE.

VESSIES ET LANTERNES (prix de l'Académie française 1971).

LA BARQUE AMIRALE.

FOUETTE COCHER (Goncourt de la nouvelle 1974).

LES PRINCES DU QUARTIER BAS.

L'ENFANT DE BOHÊME.

UN ARBRE DANS BABYLONE (grand prix de Monaco 1979).

LE VENT DU LARGE.

LE CHANT DU COQ.

TABLE D'HÔTE (Collection Folio).

LES JEUX DU TOUR DE VILLE.

LES NOCES DU MERLE.

L'ÉTÉ DES FEMMES

Poésie

RETOUCHES (prix Max Jacob 1970).

TCHADIENNES.

LES DESSOUS DU CIEL.

TIRELIRE.

LA POULE A TROUVÉ UN CLAIRON.

ŒILLADES.

LE CHAT M'A DIT SON HISTOIRE.

VOLIÈRE.

HÔTEL DE L'IMAGE.

DRAGEOIR.

LUCARNES.

INTAILLES.

À LA MARELLE.

Théâtre

C'EST À QUEL SUJET ? suivi de LE ROI FANNY.

À LA BELLE ÉTOILE — À VOTRE SERVICE — LE BEAU VOYAGE.

COUP DE LUNE — LA PARTIE DE CARTES — LE VOYAGE DE NOCES.

LA TOISON D'OR — LE PARADIS.

Aux Éditions de La Table Ronde

Romans

LA RUE FROIDE.

LE TÉMÉRAIRE.

LA PORTE NOIRE.

Aux Éditions Laffont

Romans

LA MER À CHEVAL.

LES PORTES.

LA NACELLE.

LA ROSE ET LE REFLET.

Nouvelles

LE CHEMIN DES CARACOLES (prix Sainte-Beuve 1966).

LE JARDIN D'ARMIDE

Aux Éditions Casterman

Nouvelles

LE CHANT DES MATELOTS.

LES GRANDS.

Composition Bussière
et impression S.E.P.C.
à Saint-Amand (Cher), le 7 décembre 1987.
Dépôt légal : décembre 1987.
Numéro d'imprimeur : 2043-1475.

ISBN 2-07-071153-6. Imprimé en France.

41958